पचास मिलियन

पचास मिलियन

अब्दुल वकील सोलामल शिंवारे

अनुवाद

आर.एल. मल्होत्रा

वाणी प्रकाशन

वाणी प्रकाशन

4695, 21-ए, दरियागंज, नयी दिल्ली 110 002

शाखा

अशोक राजपथ, पटना 800 004

फ़ोन: +91 11 23273167 फ़ैक्स: +91 11 23275710

www.vaniprakashan.in
vaniprakashan@gmail.com

FIFTY MILLION
by Abdul Wakil Sulamal Shinwari
Translated by R.L. Malhotra

ISBN : 978-93-5072-686-0
Collection of Short Stories

प्रथम संस्करण
मूल्य : ₹ 200

हर्ष प्रिंटर्स, दिल्ली-110 093 में मुद्रित

वाणी प्रकाशन का लोगो मक़बूल फ़िदा हुसेन की कूची से

लेखक की लेखनी से...

मुझे पश्तो में पुस्तक के प्रकाशन से बहुत डर लग रहा था, क्योंकि इस संग्रह की अधिकांश लघु-कथाओं में उन व्यक्तियों का चित्रण हुआ है जो वर्तमान अफगानी राजनीतिक सिस्टम में ऊँचे तथा महत्त्वपूर्ण पदों पर आसीन हैं। मेरा यह डर बी.बी.सी. के साहित्यिक प्रोग्राम (पैल्वाज़े) के साथ साक्षात्कार के बाद और भी बढ़ गया। "संग्रह की अधिकांश कहानियों में मुज़ाहिदीनों के बुरे कामों का वर्णन क्यों किया गया है?" या, "तुमने उन्हें बदनाम करने की कोशिश क्यों की है?" मुझसे प्रोग्राम के प्रस्तुतकर्ता ने इस प्रकार के प्रश्न पूछे थे।

इन प्रश्नों ने मुझे हतप्रभ तथा साथ-साथ बहुत डरा दिया। मुझे लगा जैसे किसी ने ताप के मुँह से बाँध दिया हो। सौभाग्य से अगले दिन मुझे वहाँ से लौटना था और साक्षात्कार का प्रसारण मेरे स्लोवाकिया पहुँचने के उपरान्त होना था। किन्तु उस दिन के बाद

मैं बहुत भयभीत तथा चौकन्ना रहने लगा। मुझे बिल्कुल यह याद ही नहीं रहा था कि पुस्तक में जिन लोगों की बुराई की गयी है उन्हें ईश्वर ने साहित्यिक पुस्तकें पढ़ने का वरदान ही नहीं बख्शा था।

मेरे एक परिचित मेरी कहानियों का अनुवाद लाहौर में छपवाना चाहते थे किन्तु लाहौर में भी उर्दू भाषा में इसके अनुवाद को छापने में पब्लिशर्स भाग खड़े हुए।

मुझे मालूम है मेरी कहानियों पर ज्यादातर सैक्स तथा नंगापन का और मुज़ाहिदों... मुल्लाओं आदि की निन्दा का इल्ज़ाम लगा है।

मैं स्वीकारता हूँ कि मेरी कहानियों में सैक्स की प्रधानता रही है किन्तु मैंने कभी भी सैक्स को सैक्स के रूप में प्रस्तुत नहीं किया। मेरी कहानियों में सैक्स का उपयोग सामाजिक वास्तविकताओं से पर्दा उठाने के एक सहारे के रूप में किया गया है। मैं सदा वास्तविकता और यथार्थ को उजागर करना चाहता हूँ ताकि बुराइयों में कमी के बारे में आप भी सोचें।

मैंने मुल्ला, मुज़ाहिद... आदि की जिस कुरूपता का चित्रण किया है उसकी कई जगह बुराई की गयी है। किन्तु मेरी कहानियों में हर मुल्ला, मुज़ाहिद की बुराई नहीं की गयी। मैंने केवल बुरे लोगों की ही बुराई की है और अच्छे लोगों को कभी भी बुरा नहीं कहा।

जहाँ तक मुल्ला-मौलवियों का सम्बन्ध है वह हमारी इसला की तहज़ीब-व-तमद्दुम का अभिन्न अंग हैं। मुल्ला द्वारा ही इलाही कलाम सुनाने से संसार में हमारा स्वागत होता है और अन्तिम यात्रा भी उसी के द्वारा ही पूरी कराई जाती है क्योंकि अन्तिम अज़ान वही पढ़ता है और इलाही कलाम के बाद हमें मिट्टी के सुपुर्द कर दिया जाता है।

मेरी कहानियों में मुज़ाहिदों या ज़िहाद की भी कभी बुराई नहीं की गयी। विदेशी हमलावरों और तानाशाहों के विरुद्ध ज़िहाद और हमारे शूरवीरों की कुर्बानियाँ हमारे इतिहास का स्वर्ण अध्याय है। किन्तु हमारे सच्चे मुज़ाहिदों को यह सदा याद रखना होगा कि ऐसी अनगिनत मिसालें भी मौजूद हैं जब कुछ स्वार्थी बहुरूपिये मुज़ाहिदों के बेश में ज़िहाद में शामिल हुए और उनके कुकर्मों तथा गद्दारियों के कारण ज़िहादियों और ज़िहाद को अकथनीय हानियाँ उठानी

पड़ीं। उन्होंने अच्छे सच्चे मुज़ाहिदों के खून का सौदा कर मात्र धन को ही अपना दीन-ईमान समझा।

और ऐसे लोग जब शासन की गद्दी पर पहुँचे तो उन्होंने देश और कौम के खज़ानों को लूटने में कोई कसर नहीं छोड़ी। आज भी उनके इन कुकर्मों की गूँज केवल हमारे देश में ही नहीं बल्कि संसार-भर में उठती है।

मुझे पूरा विश्वास है कि यदि आज भी अफगानी समाज विशेषकर सामयिक परिस्थितियों, हालात और लोकसत्ता के भागीदारों का भली प्रकार निरीक्षण किया जाए, उन पर कड़ी नज़र रखी जाए तो बहुत से काले धब्बे उजागर हो जाएँगे।

ससम्मान-

-सोलामल

लन्दन, यू.के.

अनुवादक की दृष्टि

आकाशवाणी की विदेश प्रसारण सेवा प्रभाग के परतो एकांश के अपने 40 वर्षीय कार्यकाल में भारत एवं अफगानिस्तान, विशेषत: भारत तथा पठानों (पुश्तूनों) के बीच मैत्री एवं सद्भाव के मूल उद्देश्य से अनेकों प्रोग्राम लिखे व प्रस्तुत किये। अनगिनत स्व-लिखित प्रोग्रामों, फीचरों, वार्ताओं, ड्रामों आदि द्वारा भारतीय साहित्य, कला, संस्कृति, धर्म, राजनीति, रीति-रिवाजों आदि से अपने श्रोताओं को परिचित किया। भाषा विशेषज्ञ के नाते एक सेतु बनकर दुष्प्रचार का मुँहतोड़ जवाब देना और भाईचारा बढ़ाना मुख्य ध्येय रहा। इसी सन्दर्भ में साहित्यिक कृतियाँ भी अनुवाद कीं तथा भारतीय साहित्य की कुछ अमर कृतियों के अनुवाद का सुअवसर प्राप्त हुआ। इनमें से कुछ 'बदलून' और 'द आमिर मेल्मसत्या' नाम से दो कहानी संग्रहों के रूप में अफगानिस्तान में प्रकाशित भी हुए। संसार के प्रथम 'हिन्दी-पश्तो कोश' का संकलन किया।

हमने पराये रंगीन चश्मों से अवश्य ही अपने प्राचीन अंग और आज के एक पड़ोसी मित्र समाज की छवि निहारी है और स्वार्थानुसार अधिकांशतः एक घिनौना चित्र ही देखा है किन्तु एक महान सभ्यता के स्वामी इस समाज के वास्तविक दुख, दर्द तथा पीड़ा को कभी निकट से समझने का साहस नहीं किया। इनके हृदय में कितनी पीड़ा है, यह कितने अकेले पड़ चुके हैं, कितने असहाय हो गये हैं, इनका मस्तिष्क किन उलझनों में घिर चुका है, इन सब बातों का वास्तविक चित्रण तो मात्र इनके स्वयं द्वारा ही किया जा सकता है।

एक लम्बे अर्से से पश्तो की कुछ ऐसी लघु-कथाओं की तलाश में था जो अफगानी और पठान सामाजिक जीवन का अस्पर्श पहलू प्रस्तुत कर सके ताकि मैं भारतीय साहित्य प्रेमियों, विद्वानों, विद्यार्थियों तथा शोधकर्ताओं को पठानों (पुश्तूनों) की आकांक्षाओं, उम्मीदों, सफलताओं, असफलताओं, दुःख-दर्द, ईर्ष्या, रीति-कुरीतियों आदि से परिचित करा सकूँ। कई लेखकों की लघु-कथाएँ हाथ लगीं जिनमें चुनाव करना अति कठिन था। सोचा चलो श्रीगणेश करते हैं पहले एक संग्रह छपे तो फिर और आगे बढ़ेंगे। इसी सिलसिले में अब्दुल वकील सोलामल शिंवारे का संग्रह 'ज़ड़ा क़ला' (पुरानी हवेली) भी हाथ आया। उसमें से मैंने अपने संग्रह के लिए दो कथाओं 'लूट' बेटी तथा पुरानी हवेली चुनीं। मुझे शिंवारे की कहानी बेटी बहुत अच्छी लगी। एक पुत्री जिस शोषण, तिरस्कार तथा भेदभाव से भारतीय समाज में जूझती है उसकी स्थिति पठान समाज में भी उससे भिन्न नहीं। इसके बाद मैंने सोलामल के कई कहानी संग्रह पढ़े। हर कहानी समाज पर कुठाराघात करती, किसी दुबके व्यक्ति की मनःस्थिति का एक दर्पण है। वह व्यक्ति जो मुँह में जुबान होते हुए भी गूँगा है और एक असहाय तिनके की तरह लूट के सागर में बहा जा रहा है।

सोलामल शिंवारे की प्रत्येक कहानी एक गहरी सोच का पैगाम लिए हुए है। जहाँ सोलामल धर्म के नाम पर देश में सफेद दाढ़ी, सफेद कपड़ों तथा मालाएँ हाथों फेरते उन कट्टरपन्थियों पर कटाक्ष करते हैं जो विदेश में जाकर ऐश व अय्याशी का कोई कोना नहीं छोड़ते वहीं

वह ब्रिटिश, रूसी, अमरीकी प्रतिस्पर्धा तथा पाकिस्तानी हथकंडों के बीच घिरे अफगानी समाज का मार्मिक चित्रण कर उस पर आँसू बहाने को भी विवश करते हैं। टैगोर का कोमल हृदय भोला-भाला निश्छल काबुलीवाला अपनी मान्यताओं से कितना दूर निकल गया है, उसके मन में आधुनिकता की दौड़ में पिछड़ जाने का भय उसे तथाकथित सभ्य समाज की सभी बुराइयों का ग्रास बना चुका है।

किसी साहित्य गोष्ठी में भाग लेने भारत पधारे सोलामल शिंवारे से नयी दिल्ली में मिलने का अवसर मिला। उस मुलाकात में उन्होंने मुझे अपना एक कहानी संग्रह 'पञ्ज़ोस मिलियना' (पचास मिलियन) भेंट किया। इस संग्रह को पढ़कर दिल दहल उठा। मन में प्रश्न उठा क्या अपने ही शत्रु को अपने घर पनाह देने वाला, संसार-भर में दोस्ती, मित्रता, स्वामिभक्ति, वफादारी और बहादुरी के लिए प्रसिद्ध पठान आज इतना विवश हो गया। अंग्रेज़ी, रूसी और अमरीकी धूर्ततापूर्ण चालों ने उसे इतना खोखला कर दिया। क्या काबुलीवाला मैटिरियलिस्ट हो गया? पैसे के लिए भाई भाई का गला काटने पर उतारू हो गया? पति-पत्नी का रिश्ता एक छत के नीचे रहने वाले दो जासूसों मात्र का ही रह गया है जो इसलिए सो नहीं पा रहे कि पलक झपकते ही उसका अर्धांग उनकी लीला समाप्त कर देगा।

'पचास मिलियन' इसी पठान का एक मार्मिक सजीव चित्रण है जो स्वयं को भूल बैठा है। उसका धरातल उसके पैरों तले से खिसक चुका है। एक सर्वमान्य नेता के अभाव में वह दूसरों की कठपुतली बना हुआ है। चारों ओर से उसे नोचा जा रहा है। उसकी बहादुरी के कारण उसका अस्तित्व, उसकी संस्कृति, उसकी भाषा आज मिटने के कगार पर है। अब भी अगर वह सुपर पॉवर की चालों को न समझ सका और भाई भाई का गला काटता रहा, केवल स्वयं को ही सर्वेसर्वा समझकर कौमी एकता न ला सका तो शायद पठान कौम इतिहास के एक अध्याय-मात्र तक सीमित हो जाएगी। 'पचास मिलियन' इसी भोले-भाले पठान को जाग्रत करने का प्रयास है।

मुझे आशा है कि इस कहानी को पढ़कर आपको अफगानी समाज के वर्तमान मानसिक कौतूहल का चित्रण एक अफगानी लेखक की ही नज़र से मिल पाएगा।

इस संग्रह की अन्य कथाएँ भी बहुत मर्मस्पर्शी व हृदय-विदारक हैं। एक मासूम बालक बमों, तोपों और रॉकेटों के शोरगुल को विवाह समारोह की आतिशबाजी तथा उस बीच उठने वाले जनाज़े को विवाह पालकी समझता है और दादी से प्रश्न करता है तो दादी उसे बताती है कि वह ईश्वर के घर जा रहे हैं। बच्चे बड़ी मासूमियत से दादी को कहते हैं, ''हमें भी पालकी में बिठा दो ताकि खुदा के घर चले जाएँ।'' कितनी पीड़ा है इन भावों में।

एक पठान होने के नाते मैंने कहानियों के मार्मिक, महीन एवं नाज़ुक भावनाओं को लेखक की वास्तविक मानसिक स्थिति के अनुसार अनुवादित करने का प्रयास किया है ताकि पाठक पूर्णतः लेखक के साथ उसकी पीड़ा, दुःख तथा सुख का अनुभव कर पाएँ।

–आर.एल. मल्होत्रा
दिल्ली

अनुक्रम

पालकी

मिसाइलों, मशीनगनों और टैंकों की भयावह आवाजों के कारण हम गहरी नींद से जाग उठे। मेरी बग़ल में सो रहे बच्चे तमन्ना और जलमी भी जाग गये। जलमी तमन्ना से छोटा है, लेकिन पुरुष होने के कारण वह न तो डरा हुआ था और न ही उसके चेहरे पर किसी डर या भय का कोई निशान दिखा।

तमन्ना ने उठने के साथ ही ज़ोर-ज़ोर से रोना-चिल्लाना शुरू कर दिया। मानो उसने स्वप्न में कोई भूत-प्रेत देख लिया हो। मैं उसकी ओर भागा, किन्तु मेरी चाची मुझसे पहले उसके पास पहुँच चुकी थी और उसने उसके नरम मुलायम बालों को अपने गद्देदार नाजुक हाथों से सहलाकर उस पर ऐसा जादू कर दिया कि वह तभी चुप हो गयी। चाची ने मेरी तरफ देखकर कहा, "विस्फोटों की आवाज़ें पास आती हुई प्रतीत हो रही हैं। अभी-अभी दो राकेट कुछ एक घर छोड़कर गिरे हैं। चलो नीचे बेसमेंट में चलते हैं।"

"खुदा से पनाह के लिए दुआ करो। बिन आई कोई नहीं मरता। आओ पहले चाय पी लेते हैं। यदि फिर भी विस्फोट और निकट होने लगे तो बेसमेंट में चले जाएँगे।" मैंने कहा। "मम्मी! ये ठीक कह रहा है। विस्फोट से मरेंगे भी या नहीं, किन्तु बेसमेंट की सर्दी में जरूर मर जाएँगे," मेरे चचेरे भाई ने मेरे साथ सहमति जतायी।

हम अभी सलाह-मशवरा कर ही रहे थे कि फिर विस्फोट हुआ। इस बार मिसाइल हमारे घर के पास गिरी थी, लेकिन उसकी आवाज इतनी तीव्र थी कि मुझे लगा कि जरूर हमारी ही छत पर गिरी है। ईश्वर की कृपा हुई मिसाइल हमारे गाँव से परे एक खाली मैदान में गिरी थी। गोलियों, बमों और तोपों की आवाज़ें धीरे-धीरे बढ़ने और निकट आने लगीं। गिरी मिसाइल का धुआँ और धूल अभी कम भी नहीं हो पायी थी कि लड़ाई हमारे गाँव में पहुँच गयी। मासूम तमन्ना फिर चीखने लगी, लेकिन नानी ने ममताई दुलार से चुप करा दिया, "रोओ मत मेरी बेटी! ... वैसे ही पटाखों की आवाज है। कोई डरने की बात नहीं।" तमन्ना की मासूम सिसकियाँ उसके सुन्दर गालों में ही रह गयीं। लेकिन शैतान जलमी की इस बीच मानो ईद हो, घर भर में हुड़दंग मचा रखा था। वह एक-एक कर सभी कमरों में उछल-कूद रहा था। वैसे तो तमन्ना ने रोना बन्द कर दिया था, किन्तु उसके चेहरे पर भय के लक्षण अभी भी साफ झलक रहे थे। उसका रंग अभी भी सफेद था। फिर विस्फोट हुआ, लेकिन सौभाग्यवश यह भी खाली मैदान में हुआ था। इस मिसाइल ने हमें डरा दिया था और हम सब ने सिर झुकाकर ईश्वर से सबकी खैर के लिए दुआ की। तमन्ना फिर भय से काँप कर शीघ्र अपनी नानी की गोद में जा घुसी।

मासूम जलमी उसी तरह खुशी-खुशी कमरों में उछल-कूद रहा था और तमन्ना का मजाक उड़ाने लगा, "नानी, मैं नहीं रोता और तमन्ना रोती है।" यह सुन हम सब हँसने लगे।

"शाबाश! शाबाश बेटा, तुम तो बहादुर जवान हो, तुम क्यों रोओगे!" चाची ने उससे कहा। "मुझे छिपा लो। राकेट गिर रहे हैं। युद्ध हो रहा है।" तमन्ना फिर काँप उठी और चीखने लगी।

"ये लड़ाई नहीं है, शादी है शादी," जलमी ने तमन्ना की ओर देखकर कहा।

"हाँ सच कहता है। शादी है।" और हम सब जलमी की बात पर मोहर लगाकर हँसने लगे।

शादी का नाम सुनते ही तमन्ना का सारा भय काफूर हो गये। कुछ ही क्षणों में वह फिर से गुलाब की भाँति खिल उठी। वह भी जलमी के साथ मिलकर, शरारतें करने लगी। उसके होठों की मुस्कुराहट के बीच तमन्ना ने बड़ी मासूमियत से पूछा, "नानी! किसकी शादी है?"

"तुम नहीं पहचानती बेटा! आज एक नहीं कई शादियाँ हैं," नानी ने जवाब दिया।

"नानी, अभी पालकी लाएँगे?... हा हा," जलमी ने उछलते हुए प्रश्न किया।

"कितना मजा आएगा! वाह वाह! हमें पालकी देखने को मिलेगी। बहुत सारी पालकियाँ... तमन्ना ने अपने मासूम जज़्बात प्रकट किये। इस बीच फिर एक मिसाइल के गिरने से धरती हिली। सारी बिल्डिंग काँप उठी थी। हम इस मिसाइल के गिरने के स्थान का पता भी नहीं कर पाये थे कि लगातार और बहुत-सी मिसाइलों के विस्फोटों ने कानों के पर्दे चीर दिये। मेरी चाची बदहवास सभी कमरों का निरीक्षण करती हुई आयी। उनके हाथ-पैर फूल चुके थे, "चलो, जल्दी निकलो यहाँ से। तौबा करो। शायद हमारा समय आ गया है," चाची ने भरे गले से कहा।

"आओ चलें, नीचे, लग जाएगी। चलो, शाबाश जल्दी करो," मैंने खिड़की के शीशे से बाहर झाँक रहे तमन्ना और जलमी से कहा। लेकिन मेरी बात का उन पर कोई असर न हुआ। तभी चाची ने उन्हें डाँटकर बुलाया, "मामा ठीक बोल रहे हैं। चलो नीचे चलें। यहाँ गोलियाँ चल रही हैं।"

जलमी ने कुछ नहीं कहा। वह खिड़की के शीशे से बाहर देखे जा रहा था। उसे गली में अपने खयालों की दुल्हन की पालकी का इन्तजार था।

तमन्ना ने मुख मोड़ा और कहा, "नहीं! नानी हमें नहीं जाना, हमें पालकी देखनी है। हम दुल्हन देखेंगे। पालकी देखकर आ जाएँगे।"

"हमें नहीं जाना, दुल्हन देखेंगे। अभी बहुत सारी पालकियाँ

आएँगी," जलमी ने सुर में सुर मिलाते हुए कहा।

हम सब ने बारी-बारी किसी न किसी बहाने उन्हें फुसलाकर, डराकर, डाँटकर, नीचे बेसमेंट में चलने को कहा। लेकिन वे किसी तरह तैयार नहीं हुए। वे अपने खयालों की दुल्हन की डोली देखने को उत्सुक थे। वे पालकी देखे बिना वहाँ से लेश मात्र हटने को तैयार न हुए। आखिर मेरे चचेरे भाई का धैर्य जवाब दे गया और उसने उन्हें थप्पड़ जड़ दिये ताकि नीचे चले जाएँ।

घमासान युद्ध चल रहा था। तोपों के गोलों और राकेटों की झड़ी लगी हुई थी। घर ऐसे झूल रहे थे मानो पास की पहाड़ी गाँव पर आ गिरी हो। हम बेसमेंट में दुबके हुए थे। बाहर भारी गोलाबारी की कर्णभेदी आवाज़ें थीं और अन्दर बेसमेंट की कड़क ठंड। हम सब पूरी तरह खामोश थे, जैसे किसी ने हमारे होंठ सी रखे हों। सबके पीले पड़ चुके चेहरे हमारे दिलों में छिपे डर और अनिश्चितता की कहानी बयान कर रहे थे। हर कोई बहुत कुछ कहना चाहता था किन्तु सबकी दिल की दिल में ही रही। एक डरावना सन्नाटा छाया था। एक-दूसरे से वार्तालाप तो क्या, कोई किसी की ओर ताकने की हिम्मत भी नहीं कर पा रहा था। बाहर से भी किसी की कोई आवाज सुनाई नहीं दे रही थी, लेकिन राकेटों की ध्वनियों के साथ कभी-कभार किसी की सिसकियों, रोने, विलापने या कराहने की कलेजा चीरने वाली आवाज आ जाती थी। इन सब का प्रभाव इतना भयावह था कि हमारे रोंगटे खड़े रहे।

अचानक ताई ने खामोशी तोड़ी, "खुदा न करे लेकिन यदि हममें से कोई मारा गया तो क्या करेंगे?"

मेरे चचेरे भाई ने घुटने के बीच से सिर उठाते हुए कहा, "खुदा ख़ैर करे! आई को कोई नहीं टाल सकता मृतक को आँगन में अमानत दफनाने के सिवा कोई चारा नहीं।" मृत्यु का विचार केवल मेरी ताई को नहीं बल्कि हम सबको था, क्योंकि हमारी चिन्ताएँ तोपों और मिसाइलों या क्लाशिकोपरों की नाल से निकली गोलियों से नहीं थी। हमारे मस्तिष्क को सर्दी और भूख जैसे सैकड़ों अन्य दुष्प्रभावों ने भी जकड़ रखा था। हमारे स्थान पर कोई भी होता तो यही सोचता, क्योंकि युद्ध का अन्त दिखाई नहीं दे रहा था। हमने पूरा दिन बेसमेंट

में ही बिताया। पिछली रात का बचा कुछ खाना हमारे पास था, परन्तु कोई भी दो-तीन कौर (निवालों) से अधिक न खा सका, मानो किसी ने खाने में ज़ीर मिलाया हो।

शाम को सूर्यास्त के साथ गोलाबारी थम गयी और युद्ध में कुछ शिथिलता दिखाई दी। सर्दी से अकड़े हम भी बेसमेंट से बाहर आये और डरते-डरते ऊपरी तल पर आये। आसपास का दृश्य देखने लगे। कोई दिखाई नहीं पड़ रहा था। इसके लिए लोग जिम्मेदार नहीं थे, क्योंकि युद्ध अभी भी पूर्णतया समाप्त नहीं हुआ था। कहीं-कहीं इक्का-दुक्का गोली की आवाज आ रही थी। आकाश पूरी तरह काले घने धुएँ से घिरा था जैसे वह भी जल चुका हो। हर मकान के सामने शीशे बिखरे हुए थे जैसे वहाँ शीशों की वर्षा हुई हो। कुछ मकानों की दीवारें फट गयी थीं और कुछ में इतनी बड़ी दरारें पड़ गयी थीं जैसे किसी ने आरे से चीर डाली हों।

हम अपनी खिड़कियों से यही सब देख रहे थे कि अचानक तीन-चार अर्थियाँ हमारे घर के सामने गली में आती दिखीं। दो अर्थियाँ तो सामने वाले मकान-मालिक और उसकी बुढ़िया की थीं और तीसरी उनके पोते की, जिसे उसके पिता ने गोद में उठा रखा था।

हमारे सामने वाले पड़ोस की खिड़की से आवाज़ सुनाई पड़ी।

अर्थियाँ देखकर हम सब बहुत दुखी हो गये। हर एक की आँखों से स्वतः अश्रुधारा बह निकली। मेरी ताई रुआँसी होकर बोली, "हे परमात्मा, हमें यह दिन न दिखाना।" "युद्ध अभी समाप्त नहीं हुआ। वही जाने हमारा क्या होगा," मैंने ठण्डी आह भरते हुए कहा। मेरा चचेरा भाई कुछ कहता, इससे पूर्व तमन्ना के दार्शनिक प्रश्न ने सबको सकते में डाल दिया, "नानी, पालकियाँ आ गयीं? यही हैं?"

"नानी! कितनी पालकियाँ हैं, तीन-तीन वाह-वाह..." जलमी ने कहा।

"नानी, इनमें कौन-कौन सी दुल्हनें हैं? ये इन्हें कहाँ ले ज़ा रहे हैं?" तमन्ना ने फिर पूछा। बालकों के अविरल प्रश्नों से ताई बेहद विचलित थी। अपने दुख और पीड़ा को प्रकट न करते हुए वह बोली, "बेटे इसमें सामने वाले घर की बुढ़िया बैठी हैं।''

"वह उसे कहाँ ले जा रहे हैं?" जलमी ने तत्काल पूछा।

"खुदा के घर" नानी ने कहा।

'खुदा के घर' शब्द सुनकर तमन्ना स्तब्ध हो उठी, "खुदा के घर?"

"लेकिन नानी, वह तो बूढ़ी थी। है न? क्या उसकी शादी नहीं हुई थी?" जलमी ने हँसते-हँसते कहा।

"नहीं, मेरे बच्चो! आज सबकी बारी है शादी की, चाहे बूढ़ा हो, जवान हो या बच्चा, सबकी।"

"वह दूसरी पालकी उस बूढ़े की है?" तमन्ना ने नानी से फिर पूछा।

"हाँ! बिटिया..."

"और वह तीसरी पालकी, जो सबसे पीछे आ रही है?"

तेरे जैसे एक मासूम बच्चे की है, जिसके साथ तुम खेला करते थे।"

बच्चे का नाम सुनते ही मासूम जलमी का हृदय खुशी से फूला न समाया, "नानी! मुझे भी पालकी में बिठा दो। मेरी भी शादी कर दो, मैं भी खुदा के घर जाऊँगा" मासूम जलमी के मुँह से अभी खुदा का पूरा नाम भी नहीं निकला था कि एक बार फिर जोर की आवाज से एक राकेट का गोला आ गिरा और दूर गिरे गोले के कुछ टुकड़े उड़ते हुए जलमी के सीने के आर-पार हो गये। जलमी सदा के लिए चिरनिद्रा में सो गया और वीरगति की पालकी पर सवार होकर खुदा के घर चला गया।

घंटियाँ और अनुमान

टेलीफोन की घंटी बजने पर महानिदेशक ने आमंत्रित सदस्यों के साथ चल रही एक महत्त्वपूर्ण बैठक को रोकते हुए रिसीवर उठाया।

"हैलो!"

किन्तु कोई उत्तर न पाकर उन्होंने नाराजगी जतायी और यह कहते हुए रिसीवर वापस रख दिया, "क्या बदतमीज लोग हैं।"

"क्यूँ साहब, कोई लुच्चा-लोफर है क्या," एक अतिथि ने मत व्यक्त किया।

"हाँ, सुबह से यह उनका चौथा फोन है," महानिदेशक ने बताया। वार्ता को आगे बढ़ाते हुए कहा, "तो संक्षेप में कह सकते हैं कि हमें जनसमूह का समर्थन जुटाने के लिए उन्हें सत्य बताकर..." और तभी फोन बज उठा। उसने तुरन्त रिसीवर उठाया, किन्तु उसे कोई उत्तर न मिला। इस पर उसने जोर से रिसीवर वापस रखते हुए वही बात दोहराई, "उफ! क्या बेवकूफ हैं। सिर में दर्द कर दिया।"

"इसका कसूर नहीं, सर! पता नहीं किस नाली के कीड़े हैं। मुझे तो यह सब हराम की औलाद दिखते हैं," उसी क्षण एक अतिथि ने कहा।

"आप बजा फरमा रहे हैं। सब हरामजादे हैं।" सभी अतिथि एक स्वर में बोले। महानिदेशक महोदय ने, जिनके माथे पर गुस्से के मारे अनगिनत बल पड़ चुके थे, अपने विषय पर वापिस आते हुए आगे कहा "तो मैं बात सत्य और वास्तविकता से लोगों..." टेलीफोन की घंटी ने फिर बाधा डाल दी।

उन्होंने अपनी बाँह लम्बी करते हुए रिसीवर उठाया और जोर से चिल्लाया "हैलो? हैलो...।" किन्तु फिर किसी ने कोई उत्तर न दिया। महानिदेशक महोदय पूर्णतया झल्ला गये और मान-मर्यादा ताक पर रखते हुए चीखते रहे, "हैलो! हैलो!"

वे एक ही साँस में बोलते चले जा रहे थे। जब वे विश्वस्त हो गये कि यह भी उसी फोन की कड़ी में से एक था तो फटे गले से चीख पड़े, "क्या चाहते हो हरामजादो... बेशर्मो... इनसान हो कि जानवर? माँ-बाप ने क्या यही सिखाया है?" उन्होंने दूसरी ओर से किसी रियेक्शन को सुनने की तकलीफ नहीं की और रिसीवर जोर से नीचे रख दिया। मेहमानों की ओर देखते हुए वे बोलने लगे, "असभ्यता की इससे बड़ी मिसाल और क्या हो सकती है? आप तो जानते हैं, मैं एक बहुत नरमदिल मनुष्य हूँ। लेकिन अगर ऐसे बदतमीज हाथ लग जाएँ तो उन्हें जिन्दा निगल डालूँ।"

उपस्थित अतिथिगण में से एक ने उनका समर्थन किया, "आप की बात उचित है महोदय, इन्हें मारना ही चाहिए, हरामी की औलाद बेकार के फोन कर-करके आप जैसे आदरणीय व्यक्ति को परेशान करते ही हैं। यह तो नम्बर मात्र है, बहुत-सी मासूम लड़कियों को भी ये नहीं बख्शते।"

"सत्य है, ईश्वर जानता है, कल ही मैंने कुछ लफंगों को देखा जो जगह-जगह कालेज और स्कूल की लड़कियों के पास जाकर कार रोक रहे थे और उन्हें बेवजह ब्रेक और हॉर्न बजा-बजाकर परेशान कर रहे थे," एक अन्य अतिथि ने सत्यापन किया।

तीसरे मेहमान ने भी एक घटना सुनायी, "मैंने कल ही एक

बहुत निन्दनीय घटना देखी। दो कमीने लोफरों ने जो एक लैण्ड क्रूज़र में थे, एक लड़की के हाथ से पर्स छीनकर भाग गये।"

महानिदेशक ने पूरी बात सुनी किन्तु उन्हें विश्वास नहीं हुआ, "नहीं भाई! ये नहीं हो सकता, इतनी बढ़िया गाड़ियों के मालिकों के बच्चे शरीफ खानदानों से होते हैं। वह कभी भी अपनी औलाद को इस प्रकार के नीच काम नहीं करने देंगे। तुमने जरूर किसी सार्वजनिक वाहन या टैक्सी के ड्राइवर या कंडक्टर को ऐसा करते देखा होगा।"

घटना बताने वाले सज्जन अपनी बात के सत्यापन के लिए तत्पर थे कि एक अन्य सज्जन ने उनकी वकालत की, "अभी तो ये बीच की बात है। आप विश्वास कीजिए। ये जो कह रहे हैं सत्य है।"

लेकिन महानिदेशक इतना जल्दी विश्वास करने वाला नहीं था, ''मेरा दिल नहीं मानता। ये सब लोफर लफंगों के काम हैं।"

अभी इसी मुद्दे पर बहस चल रही थी कि फोन की घंटी फिर सुनाई दी। उन्होंने फिर से क्रोधित नजरों से उसे घूरा, किन्तु रिसीवर नहीं उठाया। घंटी बजनी बन्द हो गयी। लेकिन तत्काल फिर ट्रिंग ट्रिंग की आवाज आयी। इस प्रकार बार-बार घंटी बजती रही, परन्तु महानिदेशक महोदय ने रिसीवर नहीं उठाया। वह रिसीवर से इतना भयभीत लग रहे थे मानो कोई साँप या बिच्छू है जो उन्हें डंक मार देगा। फोन लगातार बजता ही चला जा रहा था कि इतने में महानिदेशक के सहायक दस्तक देकर चैम्बर में आ घुसे। उसका साँस फूला हुआ था और परेशान लग रहे थे। पास आकर बोला, "सर, आपके लिए फोन था, लेकिन आपने नहीं उठाया। बार-बार मैं मिलाता रहा, किन्तु आखिर में मजबूर होकर मुझे सुनना पड़ा।"

"किसका था? कौन था?" महानिदेशक ने जानना चाहा।

"सर, पुलिस थाने से किसी पुलिस अफसर का था।" सहायक ने उत्तर दिया।

"क्या बात है? शुभ तो है?" महानिदेशक ने घबराहट में पूछा।

"सर, आपके बड़े बेटे को पकड़ा है," सहायक ने धीरे से बताया।

"जमाल की बात कर रहे हो?" महानिदेशक ने हैरान होकर पूछा।

"जी! जी जमाल।"

"क्या किसी को कार से मारा है?'' निदेशक ने जानना चाहा।

"नहीं," सहायक बोला।

"हाँ, थोड़ा गुस्सीला है। किसी से लड़ पड़ा होगा" निदेशक ने मुस्कुराकर अपने पुत्र के अपराध पर अपना विचार व्यक्त किया। लेकिन सहायक ने सिर हिलाते हुए कहा, "नहीं सर, कोई और अपराध है।"

निदेशक इस बात पर क्रोधित हो उठे, "तो क्या किया है? वह तो मेरा बेटा है... कोई जुआरी या चोर तो नहीं? फिर क्या कर दिया?"

"उसे अनजान लोगों को फोन करने के जुर्म में गिरफ्तार किया गया है," सहायक धीरे से बोले।

निदेशक का क्रोध बनावटी मुस्कराहट में बदल गया और एक कलाकार की भाँति किसी परेशानी के लक्षण दर्शाये बिना, मानो कुछ हुआ ही नहीं, ठहाका लगाते हुए बोले, "ये भी कोई बात हुई? जवान है, जवान तो होते ही अल्हड़ हैं। अपनी जवानी याद करो। क्या हुआ अगर एकाध बार रांग नम्बर मिला दिया तो? कोई कयामत तो बरपा नहीं हुई।"

"सर, एक और अपराध भी है।"

"और, और क्या किया है," निदेशक ने घबराहट में पूछा।

"किसी लड़की का पर्स मार लिया है।"

"पर्स? पर्स!" निदेशक हँसी नहीं रोक पाया और अतिथियों से जानना चाहा, "आप क्या सोचते हैं? क्या मेरा बेटा पैसों के लिए पर्स ले उड़ेगा?"

"हम जानते हैं जवानी पर किसी का काबू नहीं। वास्तव में वह उस युवती से प्रेम करता होगा," एक सज्जन ने कहा।

"पाकिस्तानी पुलिस भी अजीब है। यह भी कोई क्राइम हुआ, इन्हें जवानों की साइकालॉजी का कोई ज्ञान नहीं है!" निदेशक ने मुस्कुराते हुए कहा और फिर आमंत्रित प्रतिनिधियों से बोला, "ये कोई बड़ा मामला नहीं। बस एक फोन करना पड़ेगा, छूट जायेगा लेकिन वास्तव में इसके लिए उसे अपराधी भी नहीं मान सकते।

आखिर जवान है लेकिन कौन जाने कल कहीं किसी और मामले में न फँसा दे। पुलिस का तो इन्तजाम कर लेंगे लेकिन यहाँ के लोग बड़े धूर्त हैं कहीं उसे खत्म न कर दें। यूरोपियन जैसे उदार नहीं हैं।" इस बात पर निदेशक का कमरा हँसी से गूँज उठा। फिर खामोशी छाने पर एक प्रतिनिधि ने निदेशक को मशवरा दिया, "इसकी शादी क्यूँ नहीं करा देते?"

इस पर दूसरे ने आपत्ति जताई, "सभ्य युवक इतनी जल्दी ब्याह नहीं रचाते।"

"तो आपका क्या परामर्श है?" निदेशक ने पूछा।

"यही कि यूरोप या यू.एस.ए. भेज दो। तुम्हारी भी चिन्ता खत्म होगी और वह भी वहाँ जवानी का लुत्फ उठा लेगा।"

निदेशक को यह सुझाव बहुत पसन्द आया और कहा, "बहुत बढ़िया बात कही है आपने मैं अभी उसके जाने का कार्यक्रम बनाता हूँ।"

कट्टा

पिछले कुछ दिनों से रक्षा बलों की ऊँगलियाँ स्ट्रिगर्स पर नहीं पड़ी थीं। लड़ाकू विमानों की गड़गड़ाहट भी कुछ कम हुई थी और राकेटों, तोपों की गड़गड़ाहट भी मंद पड़ चुकी थी। चारों ओर डर भरे सन्नाटे के बीच नागरिकों का एक बड़ा सैलाब युद्ध क्षेत्र से निकलने की होड़ में था, मन पर ग़मों और मातम का भारी बोझ उठाये। किसी में भी मात्र एक पग बढ़ाने की शक्ति नहीं बची थी फिर भी हर बच्चा, वृद्ध, जवान, महिला और पुरुष एक अनजान मंजिल की तरफ बढ़े जा रहे थे। हर किसी ने अपना घर बार ईश्वर के सहारे छोड़ रखा था। उनके कन्धों पर लदी पोटली, गठरी का भार या तो उनकी प्रिय सन्तानें थीं या उनके तन ढकने के कपड़े। एकाध शरणार्थी किसी रोगग्रस्त वृद्ध महिला या पुरुष को भी उठाये चले जा रहा था। इस युद्धग्रस्त क्षेत्र में तैनात सशस्त्र सैनिकों को किसी की पीड़ा या दुख से कुछ लेना-देना नंहीं था। इसी कारण

लोग भी शीघ्रातिशीघ्र निडर बने उनकी चौकियों से पार निकलने को उतावले थे। इतना ही नहीं, इन लोगों के हृदय पूर्णतया शिथिल पड़ चुके थे और हाथ-पैर में दम शेष नहीं रहा था। उनके मुँह से उफ तक की आवाज नहीं सुनाई पड़ रही थी। चारों ओर हृदयविदारक सन्नाटा पसरा था, जिसे कभी-कभार किसी बालक की चीत्कार या किसी वयोवृद्ध की खाँसी चीर जाती।

इन अर्धमृतकों का सैलाब इसी भाँति तेजी से बढ़ा जा रहा था कि अचानक साथ वाले नाके से हवाई फायरिंग की आवाजें आयीं और सब सहम गये, "हे प्रभु, रक्षा करो !"

एक बूढ़े के अतिरिक्त, सभी लोग वहीं के वहीं थम गये मानो उनके सम्मुख कोई लक्ष्मण रेखा खिंच गयी हो। इसी बीच नाके से एक सैनिक की गर्जन सुनाई दी, "उस बूढ़े के अलावा बाकी सब जा सकते हैं।"

सब राहगीरों ने खुदा का शुक्र माना और चल पड़े। बूढ़ा बिना किसी रोक-रुकावट या परवाह किये अपना भार (कट्टा) उठाए निर्भीक आगे बढ़ते जा रहा था।

बूढ़े के इस अड़ियलपन ने नाके के सशस्त्र सैनिकों का शक और बढ़ा दिया। एक सैनिक ने स्ट्रिगर दबाने से पूर्व अपने साथी से शक व्यक्त किया, "दाल में कुछ काला है।"

साथी सैनिक ने भी उसकी हाँ में हाँ मिलाते हुए कहा, "बेशक, लेकिन उसके कट्टे में क्या हो सकता है?"

"ओए बूढ़े," तीसरे सैनिक ने दूर से पुकारा और फिर ऊँचे स्वर में आदेश दिया, "जल्दी से इसके पैरों के बीच गोली मार दो, नहीं तो दूर चला जाएगा।"

"नहीं, नहीं, हवाई फायर करके देखो। किसी और को न लग जाए," एक अन्य सैनिक ने गोली मारने का विरोध करते हुए कहा।

पहले रक्षा सैनिक ने अपनी रायफल भरी और कहा, "बिना पैरों के बीच मारे और चारा नहीं। रुकेगा नहीं। उसका कट्टा बहुमूल्य लगता है।"

बात अभी चल ही रही थी कि कमांडर ने आदेश दिया, "गोली चला दो, कोई न कोई बात जरूर है। यदि और आगे चला गया तो सीमा से पार हो जाएगा और कट्टा हमारे हाथ से निकल जाएगा।"

लेकिन सैनिक झिझक गया, "साहब! यदि गोली किसी और को लग गयी तो?"

"किसी बात की परवाह मत करो। हम क्या कर सकते हैं? ड्यूटी में तो ऐसा अक्सर होता रहता है," कमाण्डर ने जवाब दिया और इसी के साथ 'ठायँ' की आवाज हुई। यदि बूढ़ा एकाध सेंटीमीटर इधर-उधर न होता तो उसका दायाँ पैर उड़ चुका होता। लेकिन वह फिर भी बढ़े जा रहा था। उसने किसी गोली की कोई परवाह नहीं की। नाके में मौजूद सुरक्षा सैनिक और आगे बढ़ रहे सब लोग भी उस वृद्ध की इस निर्भीकता और निडरता पर हैरान थे। अचानक एक और बूढ़े ने उसकी तरफ मुड़कर उससे कहा, "तुम क्यों इतने अड़ियल हो। अभी तुम्हारे कारण हम सब छलनी हो गये होते। क्या तुम इनका मुकाबला कर सकते हो?" बूढ़े की बात अभी अधूरी ही थी कि दो सैनिक वहाँ आ धमके और उसे बाँहों से जकड़कर गुस्से से हिलाया, "हमारी आज्ञा के बिना यहाँ परिन्दा भी पर नहीं मार सकता। तुम बुड्ढे खूसट! हमसे कैसे बच निकलोगे? बोलो क्या छिपा रखा है इस कट्टे में? हम इसे नहीं छुएँगे, तुम्हीं बताओ क्या है इसमें?"

परन्तु बूढ़ा जस का तस खामोश खड़ा रहा। उसके मुँह से चूँ तक न निकली, मात्र उसके गालों पर आँसुओं की धारा फूट पड़ी। "रोने-धोने से काम नहीं चलेगा। बताओ क्या है इसमें? नहीं तो खाल उधेड़ देंगे। हम जानते हैं तुमने कुछ-न-कुछ जरूर छिपा रखा है," एक सैनिक ने उसे धमकाया। एक अन्य सैनिक ने कट्टा छीनने की कोशिश की, किन्तु बूढ़े ने पूरे बल से उसका हाथ झटक दिया। "ठीक है। मैं इसे नहीं छूता। तुम्हीं स्वयं बता दो। तुम्हारे कट्टे में क्या बँधा है? किसी जले मुद्रणालय के पुरजे चुरा लाये हो या लोगों के खाली पड़े मकानों से कुछ उठाया है। टूटियाँ या बर्तन! क्या है?"

सैनिक कुछ देर सोचने के पश्चात् बोला, "ठीक है, अब पता चल गया। जरूर तुमने किसी से पिस्टल या तमंचा मारा है। इसी कारण मुँह नहीं खोल रहे हो।''

सैनिक कुछ और कहता कि उसके साथी सैनिक ने बीच में अपना मत व्यक्त किया, "नहीं, इसमें इतना भार उठाने की क्षमता नहीं है। देखते

नहीं, पसलियाँ तो कीर्तन कर रही हैं। इसका कट्टा भी बहुत भारी नहीं है। ये सब चीजें नहीं हैं इसमें, पर जो कुछ भी है मामूली नहीं है।"

"परन्तु इसमें सोना और नकदी भी नहीं है," साथी ने हँस कर उत्तर दिया।

"तुम्हें कैसे पता कि सोना-चाँदी नहीं है," उसने हँसकर कहा।

"क्योंकि शक्लोसूरत से सुनार या व्यापारी नहीं लगता।"

"पर किसी सुनार या व्यापारी का सेवक तो हो सकता है," उसके दूसरे साथी ने ठहाका मारते हुए कहा।

"तेरी बात ठीक है। पर किसी सुनार से लाया है। हमें कैसे पता चले?" तब वह बूढ़े की ओर मुड़ा और बोला, "अब तुम्हें नहीं छोड़ूँगा।"

तत्पश्चात् उसने अपनी युवा स्थिति का लाभ उठाते हुए पूरे बल से बूढ़े का कट्टा छीनने का प्रयास किया, किन्तु निष्फल रहा। तभी बूढ़े ने अचानक बिना कुछ कहे-सुने कट्टा नीचे रखा और अपनी काँपती उँगलियों से उसे खोल दिया।

सशस्त्र सैनिकों के साथ-साथ सभी लोग यह दृश्य बड़ी उत्सुकता और स्तब्धता से देख रहे थे।

एक सैनिक कट्टे में झाँक कर हाथ डालने ही वाला था कि उसके साथी ने मजाक से कहा, "ध्यान रखना। बूढ़ा बहुत काइयाँ है। कहीं इसमें बम-शम न हो। आजकल इन्हीं चीजों का बाजार गर्म है।"

इस चेतावनी ने तलाशी लेने वाले सैनिक के होश फाख्ता कर दिये किन्तु फिर भी वह कट्टे को खोलने के लिए आगे बढ़ा ही था कि अचानक एक अजीब डर और भय से वह दूर हट गया मानो उसने एक दुश्मन देखा हो। वह काँप रहा था और स्वयं ही बड़बड़ाने लगा, "इस क्रूर ने तो मुर्दा डाल रखा है इसमें।"

"क्या? मुर्दा... मुर्दा, क्या कह रहे हो," दूसरे साथी सैनिक ने स्तब्ध अचम्भित होते हुए पूछा। सभी सशस्त्र सैनिकों के सिर शर्म व ग्लानि से झुक गये थे। वह स्वयं से प्रश्न कर रहे थे, "हम कितने बेवकूफ हैं।"

"मुँह लटकाये चले आ रहे हैं। इतने परिश्रम के बावजूद शायद कुछ हाथ नहीं लगा," नाके में प्रतीक्षा कर रहे इनके एक सहकर्मी ने दूसरे से कहा और सब ठहाके मारने लगे।

निर्लज्ज

एयरपोर्ट से बाहर निकलकर अपने मित्र गुलाब शाह की कार में बैठते ही ईंज़दगुल ने पूछा, "गुलाब शाह, अब भी शिकार-विकार मिल जाता है कि नहीं? कहीं कैपिटालिज़्म से मग़रूर तो नहीं बन गये?"

"मैं सोच रहा था अफगानिस्तान की दयनीय स्थिति देखकर तुम बदल गये होगे। लेकिन तुम तो वैसे-के-वैसे भूखे भेड़िये हो," गुलाब ने मुस्कुराते हुए कहा।

"कैसे भूखा न रहता? जानता था एक-न-एक दिन वापस आना ही था। शादी भी इसी कारण नहीं की," ईंज़दगुल ने हँसते हुए उत्तर दिया।

"सचमुच अभी तक कुँआरे हो?" गुलाब शाह ने आश्चर्य से पूछा।

"बखुदा, यहाँ की सूरतें याद आते ही वहाँ कोई भाया ही नहीं।

दूसरा जब से यहाँ से गया हूँ, अफगानिस्तान में एक दिन भी सुख-शान्ति से न रह पाया। सोच रहा था- एक दिन जब जाऊँगा तो बीवी-बच्चों को किसके सहारे छोड़ूँगा? मातृभूमि तो बिछड़ गयी। सोचता हूँ- मेरे जीवनकाल में वहाँ अब सुख-शान्ति नहीं लौट सकती।" ईंज़दगुल ने ठंडी साँस भरते हुए कहा।

गुलाब शाह ने वातावरण हल्का करने के उद्देश्य से पूछा, "कहीं ऐसा तो नहीं यहाँ पर कोई बीज बो गये थे?"

"नहीं-नहीं यार, यहाँ मैंने कभी किसी को एप्रोच नहीं किया," उसकी दृष्टि कहीं दूर किसी गहरी सोच में समा गयी।

"चुप क्यों हो गये, यार?" गुलाब शाह ने कहा।

ईजाद ने उत्तर दिया, "अगर सच बताऊँ तो जाते समय एक मित्र के गर्भ ठहर गया था। उसी के बारे में सोच रहा था कि किस हाल में होगी। कहीं बाप तो नहीं बन गया हूँगा?"

"कितना समय रहे थे उसके संग?"

"तीन महीने। तब वह 17 साल की थी। अठारहवाँ अभी नहीं लगा था। लेकिन यार क्या बताऊँ जालिम की बच्ची बहुत सुन्दर थी। अगर मैं स्वदेश न गया होता तो उससे शादी कर ली होती," ईंज़दगुल ने तत्परता से उत्तर दिया।

"शुक्र कर जो शादी नहीं की। मैंने करके कौन-सा सुख पा लिया? यह औरतें हमारे लिए नहीं हैं। अच्छा यह बता, उसका कोई अता-पता है तेरे पास?" ईंज़दगुल बोला, "नहीं। मुझे जैसे ही ज्ञात हुआ कि गर्भ धारण कर गयी है, मैं वहाँ से खिसक लिया। सोचा, कहीं किसी और मुसीबत में न फँस जाऊँ।"

"चलो छोड़ो! अब तक तो उसने कोई और ठौर-ठिकाना ढूँढ़ लिया होगा," गुलाब शाह ने कहा। और इसी वार्तालाप में गुलाब शाह का घर आ पहुँचा था। रात के खाने के बाद देर तक दोनों दोस्तों में गपशप चलती रही। आखिर गुलाब शाह ने ईंज़दगुल से कहा, "ईंज़दगुल! लम्बा सफर तय कर आये हो। थक गये होगे। चलो अब आराम कर लो।" उसने आगे कहा, "कल शनिवार है। सारी पुरानी यादें ताजा करेंगे। अफगानिस्तान और लड़ाई-झगड़ों के दुःस्वप्न को भुलाने के लिए तुम्हें एक नये डिस्को में ले चलूँगा।"

"जैसी तेरी मर्जी। मुझे तो इन्हीं दिनों का इन्तजार था। खुदा क़सम अफगानिस्तान में ऐसे-ऐसे मार्मिक दृश्य देखे कि हफ्तों नींद नहीं आयी। अब तो जागने की आदत सी पड़ गयी है।"

"तुम्हें पड़ गयी होगी, मुझे नहीं," गुलाब शाह बोला। और इसी के साथ दोनों विदा लेकर अपने-अपने बिस्तर पर चले गये। ईंज़दगुल को बहुत गहरी नींद आयी, परन्तु पिछली यादों ने नींद में भी उसका पीछा नहीं छोड़ा। उसे सारी रात टैंकों की गड़गड़ाहट, राकेटों और भारी मशीनगनों से उड़ते मानव शरीर के चीथड़े, घरों से उठती आग की लपटें, काले धुएँ, भूख, बेबसी और लाचारी से बिलखते लोगों के दृश्यों ने घेरे रखा। सुबह उठने के साथ उसने रात की सारी घटना का विवरण गुलाब शाह को बताया।

"गुलाब शाह! यार अफगानिस्तान की भयावह परिस्थितियाँ मेरा पीछा कभी नहीं छोड़ेंगी। रात के लिए कुछ इन्तजाम कर लो ताकि इन चिन्ताओं से दूर भाग सकूँ।"

"चिन्ता मत कर। ऐसी मेमों के दर्शन करा दूँगा जिन्हें सपने में भी नहीं देखे होगे," गुलाब शाह ने आश्वस्त किया।

"ये हुई न बात," और फिर गुलाब शाह से प्रश्न किया, "क्या विचार है! अब तो वह जोश भी नहीं रहा। चालीस का हो गया हूँ और डांस भी भूल चुका हूँ।"

गुलाब शाह ने पूछा, "दिल कैसा है?"

"दिल तो आज भी 18 सालों वाला है। तीन बीवियों को आज भी शर्त से सम्भालने की ताकत है मुझमें।"

"यह हुई न पते वाली बात। आज की तितलियाँ जवानों से ज्यादा अधेड़ पसन्द करती हैं।" गुलाब शाह की यह बात ईंज़दगुल के चेहरे पर एक मुस्कुराहट ले ही आयी। रात के तकरीबन दस बजे दोनों ब्रेटसेल्वो के एक नये खुले डिस्को चले गये। वहाँ बैठने के कुछ समय बाद गुलाब शाह ने कहा, "आजकल का डांस मुझे भी नहीं आता। बस तुम बार के सामने खड़े होकर आँख तर करते जाओ। कोई न कोई शिकार हाथ लग ही जाएगा।"

गुलाब शाह की बात अभी पूरी भी न हुई थी कि ईंज़दगुल ने एक नवयुवती की ओर इशारा करते हुए कहा, "वह लड़की बहुत

घूर रही है, पर है बहुत छोटी।"

"आजमा तो ले।" गुलाब शाह ने उसे उकसाया। ईंज़दगुल को गुलाब शाह की तजवीज भा गयी और वह उसी क्षण युवती के पास जा पहुँचा, "मेरा नाम ईंज़द है।"

"मैं सोनिया हूँ।"

"सोनिया, तुम मुझे क्यूँ देखे जा रही थी?"

"मुझे एशियन और साँवले पुरुष बहुत पसन्द हैं।"

"लेकिन मेरी और तुम्हारी उम्र में बहुत अन्तर है।"

"इससे कोई फर्क नहीं पड़ता। मुझे बड़ी उम्र वाले ज्यादा अच्छे लगते हैं।"

"तुम्हारी क्या आयु है?" ईंज़दगुल ने सोनिया से पूछा।

"17, और तुम्हारी?"

"मैं 34 का हूँ," उसने अपनी आयु 6 वर्ष कम करके बतायी।

"मेरे बाप जितने," सोनिया ने हँसकर कहा, लेकिन जल्दी से गम्भीर होकर बोली, "मैं मजाक कर रही थी। अगर तुम 40 के भी होते तो मुझे कोई फर्क नहीं पड़ता। लेकिन इससे बड़ा आदमी नहीं सहन कर पाऊँगी।"

ईंज़दगुल यह सब जानकर बहुत खुश और हैरान था लेकिन सोनिया ने शीघ्र उसकी हैरानी का अन्त कर दिया, "क्यूँ नहीं, डांस फ्लोर पर चलें?"

"थोड़ा गर्म होकर आता हूँ," उसने कहा।

वह रातभर उसके साथ डांस करता रहा। डांस की समाप्ति पर उन्होंने अगले दिन मिलने के वादे के साथ एक-दूसरे से विदा ली। ईंज़दगुल ने बिछड़ते समय धीरे से अपने होंठ सोनिया के होठों पर रख दिये, लेकिन सोनिया यह कहते हुए दूर हट गयी, "नहीं, नहीं, अभी नहीं। मुझे इतनी जल्दी पाना आसान नहीं।"

ईंज़दगुल ने अपना गाल उसके गाल से लगाकर विदा ली।

रात को उसे पिछली रात की भाँति अफगानिस्तान और युद्ध की भयावह क्रूरताओं के दृश्यों ने नहीं सताया। आज उसके सपनों की राजकुमारी सोनिया थी। सुबह नींद से जागने पर भी सोनिया ही उसके दिलोदिमाग पर छायी रही। उसे शाम का बेसब्री से इन्तजार रहा।

शाम को तय समय और स्थान पर वह सोनिया से मिलने पहुँच गया। सोनिया ने देखते ही उसे अपने अंक में भर लिया। ईंज़दगुल उसके गुलाबी होंठों का रस चूसने को बेताब था कि सोनिया की माँ का फोन आया, "हैलो सोनिया, तुम कहाँ हो?"

"अपने नये मित्र के साथ," उसने कहा।

"पहली बार मिल रही हो क्या?"

"जी।"

"कौन है वह?"

"जी एक 34 साल का ऐशियन है। कहता है अफगान से हूँ।"

"अफगान, 34 साल का," उसकी माँ को हैरानी हुई।

"हाँ, तुम तो जानती हो बड़ी उम्र वाले अच्छे होते हैं, जवान प्यार क्या जानें।"

"बेटी, मैं इसकी इजाजत नहीं दूँगी। लेकिन फिर भी अगर तुम जिद्द कर रही हो तो उसे कल घर आने का न्योता दो।"

सोनिया माँ की बात सुन फूली न समाई। उसने ईंज़दगुल की आँखों में आँखें डालते हुए पूछा, "जानते हो माँ ने क्या कहा?"

"नहीं।"

"कल, तुम हमारे मेहमान हो। माँ तुमसे मिलना चाहती हैं। उनकी रजामन्दी जरूरी है।"

"तुम्हारी माँ कितने वर्ष की होंगी?"

"तुम्हारे बराबर, यही कोई 35 साल की।"

"अगर उन्हें मैं नहीं भाया तो?"

"तुम मत डरो! माँ यदि तुम्हें नहीं भी पसन्द करतीं तो मेरा फैसला नहीं बदल सकतीं। मैं अपनी माँ का आदर करती हूँ। पर प्यार-प्यार है। मैं अपना दिल अब तुम पर हार चुकी हूँ।"

"इस आयु में तुम्हारी माँ का फर्ज बनता है कि तुम पर पूरी निगाह रखें," ईंज़दगुल ने उसे चूमते हुए कहा।

"मेरी माँ का कसूर नहीं। इसी आयु में उन्होंने भी किसी से मुहब्बत की थी। मैं उसी पहले प्यार की निशानी हूँ। डरती हैं कहीं मेरा भी वही हाल न हो जाए," सोनिया ने ईंज़दगुल की हाँ में हाँ मिलाते कहा। उसने आगे कहा, "देखो, मैं इतनी आसानी से हाथ

आने वाली चीज नहीं हूँ। जब तक मुझे तुम्हारे प्यार पर पूरा विश्वास नहीं हो जाता, तब तक न तो तुम्हें होंठों को छूने दूँगी और न ही तुम्हारे साथ सो सकती हूँ।"

इसके बाद उन्होंने कुछ पल साथ-साथ चहलकदमी की और फिर अपने घर चल दिये। अगले दिन ईंज़दगुल सीधे सोनिया के घर पहुँच गया और घंटी बजायी।

सोनिया ने दरवाजा खोला और उसका स्वागत करते हुए उसे अन्दर ले गयी।

"तुम्हारी माँ और परिवार के दूसरे लोग कहाँ हैं?" ईंज़दगुल ने पूछा।

सोनिया ने ठंडी साँस लेकर रुआँसी आवाज में कहा, "मैं अपनी माँ के साथ रहती हूँ। मैंने कल तुम्हें बताया था कि मुझे नहीं मालूम मेरा बाप कौन है। मेरी माँ सब कुछ जानती है परन्तु उसने मुझे कभी कुछ नहीं बताया। शायद उसे भी सब कुछ नहीं मालूम।"

"वह कैसे?" ईंज़दगुल ने हैरानी से पूछा।

"माँ कहती है कि वह एक ऐशियन स्टूडेंट था। उसके कालेज का अन्तिम वर्ष था। मुझे तो यह भी पता नहीं कि उसने मेरी माँ को अपना नाम भी सही बताया था कि नहीं?" सोनिया ने कहते हुए शंका जतायी, "लगता है माँ को उसके देश के बारे में भी यकीन नहीं है।" ईंज़दगुल को इस पर बहुत हैरानी हुई।

"क्या कहती हो? कितने दिन साथ रहे?"

"शायद एक महीने से भी कम।"

ईंज़दगुल ने दीवार पर लटके शीशे को देखा। फिर सोनिया पर नजरें गड़ायीं। वह एक गहरी सोच में डूब गया। अचानक दरवाजे की घंटी बजी और उसका ध्यान हटा।

सोनिया खुशी से चिल्लाई, "माँ आ गयी।" और दरवाजे की तरफ दौड़ी और दरवाजा खोला। ईंज़दगुल ने जैसे ही उसे देखा वह स्तब्ध रह गया। हैरानी और प्रायश्चित से उसके चेहरे का रंग उड़ गया था। मानो उसके सारे शरीर को लकवा मार गया हो।

"या अल्ला! ये क्या पहेली है... यह तो वही-की-वही है... उतनी ही सुन्दर, तब बिना विचारे उसके मुँह से निकला—

"तानिया! मुझे क्षमा कर दे।" तानिया के माथे पर भी पसीना चमकने लगा था। वह उसे कोसे जा रही थी।

लेकिन सोनिया शीघ्र ही बीच में आ गयी, "ठहरो माँ, थोड़ा धैर्य रखो। क्या बात है? तुम क्या इसे जानती हो? मुझे तो यह बुरा आदमी नहीं जान पड़ता।"

ईंज़दगुल पश्चात्ताप की आग में बोले जा रहा था, ''हाँ सोनिया! मैं बहुत बुरा आदमी हूँ। तेरी माँ सब सच बोल रही है।"

वह और भी बोलना चाह रहा था, किन्तु सोनिया ने उससे पूछ डाला, "तुम कैसे मेरी माँ को जानते हो? कौन हो तुम।" तानिया के धैर्य का बाँध टूट चुका था! वह भावुक हो चिल्ला रही थी, "क्या तुम अन्धी हो! दोनों को शीशे में नहीं देख सकतीं?"

"क्यूँ? शीशे में क्या है?" सोनिया ने जिज्ञासावश पूछा।

तानिया से अब और नहीं रहा गया। वह चिल्लाई, "ये बदबख्त ही तेरा बाप है।" फिर प्रार्थना करने लगी, "हे ईश्वर, तेरा धन्यवाद है कि तूने समय पर अनर्थ होने से बचा लिया। नहीं तो बाप बेटी के बीच डोरी टूट गयी होती।"

ईंज़दगुल के मुँह से निकला, "हे प्रभु, हे मेरे मालिक, तुम्हीं सबसे महान हो। मुझे क्या हो गया था, अपनी ही बेटी का प्रेमी बन गया था। कितना निर्लज्ज हूँ। डूब मरने की बात है।"

अध्यादेश

राज्यपाल, जो कि राज्य विधानमंडल के अध्यक्ष भी थे, ने अपने आसन से बहुत गुस्से में उठते हुए मंडल के सभी उपस्थित सदस्यों से कहा, "मेरी बर्दाश्त की सभी सीमाएँ समाप्त हो चुकी हैं। अगर ये लूट-मार ऐसे ही चलती रही तो राज्य को रेगिस्तान बनने में देर नहीं।"

राज्य सलाहकार ने गम्भीर स्वर में विनय किया, "क्या करना चाहिए?"

सुरक्षा सलाहकार बोले, "मैं समझता हूँ चोर-लुटेरों पर अब दया बिल्कुल नहीं करनी चाहिए।"

सभी एक साथ बोले, "बिल्कुल ठीक है, चोरों-लुटेरों पर दया नहीं करनी चाहिए।"

किन्तु कृषि मंत्री के इस प्रश्न से सभी स्तब्ध रह गये, "चोर-डाकू चाहे कोई भी हों और चाहे किसी से भी सम्बन्धित हों?"

राज्यपाल ने तुरन्त उत्तर दिया, "निस्सन्देह! न्याय का पूरा पालन किया जाएगा।"

विश्वविद्यालय के कुलपति ने याद दिलाया, "पिछले साल छः चोरों को क्षमा कर दिया गया। ये सभी किसी-न-किसी उच्च अधिकारी से सम्बन्धित थे। कोई किसी का चाचा, ताऊ, भाई या मामा, दामाद था।"

"अब हम किसी के साथ कोई रियायत नहीं बरतेंगे। इसी अन्याय के कारण सारा शहर चोरों का घर बन गया है। अब की यदि मुझे भी किसी चोरी-चकारी में लिप्त पाया गया तो निःसन्देह मेरे हाथ काट दिये जाएँ," राज्यपाल ने गुस्से में कहा। तब उसने न्याय विभाग के प्रधान की ओर देखकर पूछा, "चोरी के कितने मामले रजिस्टर किये गये हैं?"

"सर, केवल पिछली माह नौ सौ," उसने उत्तर दिया।

राज्यपाल आगबबूला होकर बोला, नौ सौ। हे ईश्वर, सुनने से पहले धरती फट क्यूँ नहीं गयी। उसने ऊँचे स्वर में आदेश दिया, "यदि यह स्थिति है तो फिर सख्त-से-सख्त कानून बनाने पड़ेंगे।"

न्याय विभाग के प्रधान ने अपना हाथ उठाकर विचार व्यक्त किया, "साहब! यदि पुलिस विभाग सक्रियता दिखाए तो नौ सौ की जगह अठारह सौ चोर पकड़ लिये जाएँगे। और फिर मेरी जिम्मेदारी है कि मैं इस मेज पर अठारह कटे हाथ पेश करूँ।"

"बहुत बढ़िया प्रोपोजल है। मात्र रास्ता ही यही है। तब देखता हूँ कौन करता है चोरी," राज्यपाल ने सहमति जताते हुए कहा। अभी राज्यपाल बोल ही रहे थे कि इस बीच नगर की न्याय व्यवस्था के पर्यवेक्षक सभागार में आ पहुँचे। उनके इस प्रकार बिना पूर्व सूचना यहाँ आने से मंडल के सभी सदस्य हैरान हो गये। राज्यपाल ने तत्काल उनसे पूछा, "क्या हुआ?"

पर्यवेक्षक ने बहुत गम्भीरता से कहा, "सर, एक पुलिस अधिकारी होने के नाते मुझे कहते हुए शर्म आती है।"

"माजरा क्या है? साफ-साफ बात करो," राज्यपाल क्रोधित हो उठे।

"सर, आपकी कार चोरी हो गयी है।" यह बात अधिकारी के मुँह से डर के मारे धीरे से निकल गयी।

"राज्यपाल साहब की कार?"

"राज्यपाल सर की कार?"

"राज्यपाल साहब की कार?"

सभी उपस्थित जनों के मुँह से अनायास निकले वे शब्द हाल में गूँज उठे। और राज्यपाल मान-मर्यादा का खयाल रखे बिना चिल्ला उठे, "मेरी कार?" उन्होंने मेज पर जोर का एक मुक्का दे मारा लेकिन फिर जज़्बात को काबू करते हुए बोले, "यदि हम ऐसे ही सोते रहे तो एक-न-एक दिन कार की तरह वह मुझे भी ले जाएँगे।"

राज्यपाल के सहायक, जो कि राज्य मंडल के सहायक भी थे, उठ खड़े हुए और उन्होंने जज़्बाती अन्दाज में कहा, "साहब, अब किसी रहम की जरूरत नहीं है। आप पूरी सख्ती कीजिए।"

"क्या करूँ?" राज्यपाल ने पूछा।

सहायक जब तक कुछ कहते, उसी समय एक सलाहकार ने कहना आरम्भ किया, "साहब! आप एक अध्यादेश जारी कर सभी न्याय व्यवस्था से सम्बन्धित अधिकारियों को आदेश दें कि चोरों के हाथ के साथ उनका पैर भी काट दिया जाए। और उसमें आपकी कार को चुराने सम्बन्धी एक विशेष धारा का प्रावधान किया जाए," नगर डी.सी. बोले।

"एक हाथ और एक पैर काटने के अतिरिक्त आपकी कार चुराने वाले की नाक भी काट दी जाए।" डी.सी. के सुर में सुर मिलाते हुए न्याय विभाग के प्रधान ने अपना समर्थन जताया।

मेयर भी पीछे रहने वाले नहीं थे, "उसके नाक के साथ कान का भी एक टुकड़ा।"

"यह प्रोपोजल पूरी तरह उचित है। यदि मैंने इस प्रकार कार्रवाई नहीं की तो ईश्वर की कसम मेरी और मेरी कार की बात तो छोड़िए, चोर आप सबको आपकी बीवियों के साथ ले उड़ेंगे। उनके हौसले बहुत बढ़ गये हैं। यदि सख्ती नहीं बरती गयी तो वे आगे ही बढ़ते रहेंगे," राज्यपाल ने सभी का समर्थन करते हुए कहा।

इतना सुनने के साथ सभी उपस्थित जन अपने-अपने स्थान पर खड़े हो गये ताकि मीटिंग की समाप्ति की घोषणा हो सके, लेकिन न्याय व्यवस्था के प्रधान ने हाथ खड़ा कर कहा, "बस सभी के

सुख की कामनाएँ, मैं अभी-अभी इस अध्यादेश को पारित कर राज्यपाल साहब के दस्त मुबारिक से हस्ताक्षरित करवाता हूँ।" वह अभी आगे भी कुछ कहने वाले थे कि अपराध निरोधक मंत्रालय के विशिष्ट अधिकारी एक समाचार लेकर आ गये है, "माननीय! माननीय राज्यपाल जी की कार मिल गयी।"

"सच? कब? कहाँ?'' राज्यपाल ने उत्सुकता से पूछा।

"अभी-अभी फोन पर समाचार मिला है," विशिष्ट अधिकारी ने कहा।

"चोरों के कान बहुत पतले होते हैं। दूर से भी सुन लेते हैं। कितनी जल्दी उन्हें अध्यादेश के विषय में पता चल गया," राज्यपाल बोले और फिर पूछा, "क्या चोर भी पकड़े गये हैं?"

"जी, जनाब!"

''आफरीन! क्या क्या उसका?''

"उसे हमने छोड़ दिया, साहब!"

"चोर को छोड़ दिया?" राज्यपाल ने पूछा और लाल-पीला होकर बोले, "नहीं नहीं! उसके हाथ, पैर, नाक और कान काट दिया जाए।"

"सर, यह सब मुझ पर छोड़ दीजिए, जिस भी अधिकारी ने उसे छोड़ा है वही उसे लाकर देगा। नहीं तो आपके हुक्म अनुसार उसी सजा का पात्र वह अधिकारी बनेगा," पुलिस उच्च अधिकारी ने चापलूसी करते हुए कहा। परन्तु अपराध निरोधक मंत्रालय के अधिकार की बात से सबको साँप सूँघ गया, "सर, चोर आपका ही सुपुत्र है।"

यह सुनकर सभागार के सभी उपस्थित जन पत्थर की मूर्ति बन गये। चारों ओर खामोशी छा गयी। अन्ततः राज्यपाल ने खामोशी तोड़ी, "हे दयासागर, तुम बहुत दयालु हो। अच्छा हुआ जो मैंने अभी अध्यादेश पर हस्ताक्षर नहीं किये थे।"

"श्रीमान जी, हमारा मंत्रालय इतना निकम्मा नहीं है। जानता है कि पागल दीवाने ईश्वर के दरबार में जवाबदेह नहीं होते।"

"इनसान कौन होता है?" न्याय मंत्रालय के अध्यक्ष ने मक्खनबाजी की।

“अध्यक्ष साहब! आपने गवाही देकर बहुत उत्तम काम किया कि मेरे पुत्र को कुछ मानसिक समस्या है। यदि कार सीमा पार ले गया होता तो फिर कभी भी नहीं मिलती,” राज्यपाल ने मुस्कुराते हुए फरमाया। और दोनों हाथ उठाकर अंजलि बनाई और बोला, “अब सब मिलकर उस महान कृपालु दयासागर की प्रार्थना करते हैं कि सभी चोरों को वह भलाई के पथ पर अग्रसर करें।”

“आमीन!” वहाँ मौजूद सभी ने एक स्वर में कहा। फिर उसने न्यायपालिका के प्रधान की ओर मुड़कर देखा और उन्हें निर्देश दिया, “अध्यादेश का विषय इस बार छोड़ते हैं। बस आज यह प्रार्थना ही काफी है।”

सूरतें और कारनामे

"यह म्यूज़ियम प्रसिद्ध व्यक्तियों के मुखचित्र के नाम से प्रसिद्ध है।" मुला अब्दुल बाके ने सिर हिलाया, "अच्छा!" और फिर उसने गाइड से पूछा, "प्रसिद्ध व्यक्ति जैसे राजे-महाराजे और शासक?"

गाइड ने शीघ्र उत्तर दिया–"नहीं यहाँ आम व्यक्ति भी हैं। जिस किसी ने भी किसी क्षेत्र में रिकार्ड बनाया हो।" मुल्ला ने जब पहली बार रिकार्ड का नाम सुना तो उत्सुकतावश पूछ बैठा–"रिकार्ड, ये क्या है?"

गाइड ने तत्काल उत्तर दिया, "कोई ऐसा काम जो बिल्कुल अनोखा हो और संसार भर में किसी ने न किया हो।"

मुल्ला की तसल्ली नहीं हुई तो फिर से पूछ बैठा, "मैं पूरी तरह नहीं समझा।"

गाइड ने रिकार्ड की व्याख्या शुरू कर दी, "जैसे किसी की सबसे लम्बी मूँछें हों। दाढ़ी इतनी लम्बी हो कि किसी और की न

हो। नाखून एक-एक मीटर से भी अधिक बढ़े हुए हों या आयु सबसे लम्बी हो। अर्थात किसी भी क्षेत्र में जो संसार भर में सबसे अलग हो, उसे रिकार्ड कहते हैं।"

मुल्ला और गाइड इन्हीं बातों में उलझे हुए थे कि मुल्ला को अचानक लेनिन का चेहरा दिखा। वह हैरानी से बोला–"ये काफिर कहाँ से यहाँ घुस आया। तुम अंग्रेज भी अजीब लोग हो। वहाँ इसके चेले-चपाटे हमारे बच्चों का रक्त बहा रहे हैं और यहाँ तुमने इसे म्यूज़ियम में लटका रखा है।"

गाइड ने शीघ्र कहा–"यहाँ मात्र राजनीतिज्ञ ही नहीं, धर्म व दर्शन शास्त्री भी मौजूद हैं।" फिर उसने एक की ओर इशारा करते हुए कहा, "इन्हें पहचानते हो?"

मुल्ला ने जैसे ही उस चेहरे को देखा, बोल पड़ा, "इन्हें कौन नहीं पहचानेगा? ये तो खुमेनी है न?" और फिर गाइड की ओर देखने लगा, "हमें क्यूँ भुला रखा है? हमारे देश में भी तो बहुत सारे दार्शनिक, धर्मज्ञ और धर्मशास्त्री भरे पड़े हैं?"

गाइड हँसकर बोला–"चिन्ता मत करो। अपने देशवासी को भी देख लोगे।"

मुल्ला चित्रों को देखते-देखते बोल रहा था– "हाँ, ये बात कुछ जमी। मैंने तो समझा, हमें पूरी तरह भुला रखा है। वैसे तुम्हें बता दूँ, हमारे तो हर देशवासी का चित्र यहाँ टँगना चाहिए। इस इतने बड़े सूअर का मुकाबला बिना हम अफग़ानों के और कोई कर सकता है?"

गाइड हँसी नहीं रोक पाया–"कमाण्डर साहब, आपकी बात सोलह आने सच है, परन्तु यहाँ केवल अत्यधिक विचित्र उपलब्धियों वालों को स्थान दिया गया है।"

मुल्ला सोच में पड़ गया–"तुम्हारा मतलब है अच्छे-बुरे हर तरह के?"

गाइड– "हाँ, पर उसकी उपलब्धि सबसे अनोखी और निराली होनी चाहिए।"

मुल्ला बोला–"यदि यह बात है तो कारमल भी किसी कोने में लटका होगा?" दोनों धीरे-धीरे आगे सरक रहे थे और एक के बाद दूसरे चित्र को निहारते जा रहे थे कि मुल्ला अचानक चिल्ला उठा–

"या अल्ला! तेरी शान बुलन्द रहे। ये तो मैं हूँ, यहाँ लटक रहा हूँ।" फिर विस्मय होकर पूछने लगा–"कुछ पता न लगा। मुझसे बड़े-बड़े और बहादुर अनगिनत कर्नल कमांडर मौजूद हैं जिन्होंने बड़े-बड़े कारनामे किये हैं। मैंने संसार भर में भ्रमण किया और कितनी बार आपके तथा अमरीकी नेताओं ने उनका भद्र अतिथि सत्कार किया है।"

गाइड ने उत्तर दिया–"किन्तु रिकार्ड मात्र तुमने ही स्थापित किया है।"

मुल्ला हैरानी में पड़ गया–"वह कैसे?"

"तुम्हारे द्वारा और तुम्हारी आज्ञानुसार जितने लोग मारे गये हैं, संसार के किसी भी जल्लाद ने आज तक नहीं मारे।"

मुल्ला बोला–"लेकिन मैंने किसी बेगुनाह को नहीं मारा। ध्यान रहे, जिसे भी मैंने मारा है वह या तो एक सैनिक था या अधिकारी, संयोजक या किसी पार्टी का सदस्य या उनसे सम्बन्धित कोई भी।"

गाइड ने कहा– "जो कोई भी था, यह अलग बात है। कैसें और क्यूँ मारा–यह अलग?" मुल्ला ने बात बढ़ाई– "तो फिर यह भी जानते होगे कि मैंने उन्हें कैसे मारा?"

गाइड बोला– "जैसे भी मारा हो, यहाँ यह तफसील भी लिखी है कि तुमने कितनों को तोप से उड़ाया, कितनों का गला रेता और कितनों को गोली का निशाना बनाया?"

मुल्ला हैरान हो गया– "क्या कह रहे हो? तुम्हें सब पता है।"

गाइड ने ऊपर मुखचित्र को देखा और फिर मुल्ला की ओर देखकर बोला– "ऊपर देखो चेहरे के नीचे सब कुछ लिखा है। तुमने केवल इसी वर्ष अब तक 3500 लोगों को मौत के घाट उतारा है। इतने कत्ल महायुद्धों में भी किसी एक मनुष्य ने नहीं किये हैं।"

मुल्ला ने उसे तसल्ली देते हुए कहा–"क्यूँ नहीं। यदि हम ऐसा नहीं करें तो क्या तुम्हारे और हमारे इन संयुक्त दुश्मनों को हराने का कोई और रास्ता है?" और फिर धीरे से उसके मुँह से निकला–"ठीक कहते हो। हीरे की कद्र केवल जौहरी जानता है। तुम्हें मेरी कद्र मालूम है। लेकिन मेरे अपने देशवासी और मेरे जिहाद के साथी न जाने मेरे बारे में क्या-क्या बकते हैं।"

दीन और दुनिया

मौलवी सैयद करीम ने जैसे ही वर्दी उतारी, बेड पर जा चढ़ा और लेट गया। हवाई सफर ने उसे पूरी तरह थका दिया था और अब वह सोना चाहता था। रात के दस बज चुके थे, फिर भी सिरदर्द ने उसे सोने नहीं दिया और वह उठकर बैठ गया। बाथरूम से, वापसी के बाद उसने फ्रिज खोलकर देखता कि कुछ पी ले, क्योंकि सरदर्द के साथ ही उसका गला भी बुरी तरह सूख रहा था।

फ्रिज खोलते ही उसके मन में भाँति-भाँति के विचार उठे, "ऐसी बोतलें तो मैंने कभी नहीं देखीं। जरूर किसी-न-किसी में थकान उतारने की दवा होगी।" उसने धीरे से 'वोदका' की एक बोतल उठायी, "ये तो जरूर कोई औषधि है। ये ऐसी वैसी चीजें रखने का स्थान नहीं है। मेरा तो सिर फटा जा रहा है।" किन्तु फिर कुछ विचारों ने उसे आ घेरा, "ये काफिर बहुत ठग हैं। कहीं कोई शराब-वराब न हो। जिन्दगी भर की पाठ-पूजा मिट्टी में मिल जाएगी!"

मौलवी ने शराब की बोतल को निकट से देखा, "शराब तो शायद सफेद रंग की होती है।"

उसने वोदका की बोतल वापस रख दी और उसे वहाँ पड़ी ह्विस्की की बोतल दिखाई दी, "ये शायद शर्बत है। ईश्वर करे कोई दवा हो, खाली कोक-शोक न हो।" उसने धीरे से बोतल का ढक्कन खोलने की कोशिश की किन्तु वह नहीं खुला। वह बोतल को वहीं जमीन पर रखकर दूसरी बोतल को देखने लगा जो 'कोन्याक' की थी। फिर स्वयं से बतियाया, "ईश्वर मुझे क्षमा करें। ये बोतल ठीक लग रही है।" वह पूरे जोर से बोतल खोलने लगा। इससे पूर्व कि बोतल से वह गिलास में कुछ उड़ेलता, वह उसे अपने नथुनों के पास ले गया, "इसकी गन्ध तो यूनानी शर्बत जैसी है।"

वह कुछ अधीर हुआ, "यह कोई मामूली आम शर्बत नहीं है। जो भी है यह या तो शराब है या औषधि।"

तभी उसे कुछ याद आया, "कहते हैं, ये काफिर की औलाद कुछ दवाइयों में भी शराब मिलाते हैं। हमारा तो इस्लामिक देश है। अनजाने में न जाने हमने क्या कुछ पी लिया हो। ये तो काफिरों का देश है। ईश्वर मुझे क्षमा करें।"

किन्तु तभी उसकी दृष्टि पहली वाली ह्विस्की की बोतल पर जा ठहरी जो कि उसने अभी तक फ्रिज में वापस नहीं रखी थी। वह थोड़ी देर रुका, "जरा इसे भी सूँघ कर देखता हूँ।" मौलवी ने कोनियन की बोतल बहुत ध्यान से फ्रिज में वापस रख दी और ह्विस्की की बोतल खोलने लगा। थोड़ी जोर-जबरदस्ती के पश्चात ढक्कन खुल गया। वह उसे भी नाक के समीप ले गया और जब उसके नथुने गन्ध से फूल गये तो बड़े आश्चर्य से बोतल को निहारने लगा, "बड़ी अजीब बात है। सभी एक जैसी हैं।" फिर उसने 'वोदका' की बोतल की तरफ हाथ बढ़ाया और उसे भी खोल दिया, और उसका भी निरीक्षण किया। अब उसके आश्चर्य की सीमा नहीं थी। वह स्वयं से बोलने लगा, "ये तो जरूर कुछ और नहीं हो सकती। धत्तेरे की।"

मौलवी ने खुली बोतलें फ्रिज में वापस रख दीं और मायूस निढाल बेड पर लेट गया। अभी ज्यादा समय नहीं बीता था कि फिर

से उठ बैठा। अब उसने नींद के लिए टी.वी. देखने का मन बना लिया, "चलो, क्या जानें इससे नींद आ जाये। संसार के बारे में भी कुछ पता चलेगा।"

टी.वी. आन होते ही आटोमेटिक चैनल चल पड़ा। जार्ज बुश के विषय में कोई समाचार आ रहा था। मौलवी को बहुत गुस्सा आया, ये नालायक तो हर जगह मौजूद होता है चाहे काबुल हो, पेशावर, दुबई या कोई भी स्थान। सत्यानाश हो इसका। उसने चैनल बदल दिया तो अलजजीरा का समाचार चैनल आ गया। उसमें बिन लादेन ऊपर-नीचे हो रहा था। जरूर उसी के विषय में समाचार चल रहा था। मौलवी को मजा नहीं आया, "तेरा खाना खराब हो, सारे संसार को आग में धकेल रखा है तूने। सारे मुसलमानों को दुनिया भर में बदनाम कर दिया है।" उसने शीघ्रता से चैनल बदल दिया तो गीत-संगीत का चैनल आ निकला। मेडोना अर्धनग्न गाने पर थिरक रही थी। मौलवी ने जैसे ही उसके नाममात्र कपड़े में जबरदस्ती रुके आवेग भरे वक्ष को देखा तो दूसरी ओर आँखें मोड़ लीं, "या अल्लाह मुझे इस बेहयाई से बचा।"

उसने इस चैनल को भी हटा दिया। अगले चैनल पर एक फ्रेंच रोमांटिक फिल्म चल रही थी। मौलवी ने कुछ देर उसे देखा, किन्तु एक मिनट भी नहीं गुजरा था कि हीरो-हिरोइन एक-दूसरे से आलिंगनबद्ध हो किसिंग में व्यस्त हो गये। मौलवी मानो पागल हो उठा और अचानक चिल्लाने लगा, "ये क्या हो रहा है? ये तो एक से एक बढ़कर बेहया चैनल हैं। या अल्ला मुझे माफ कर।" वह अपने आप से बोलने लगा, "अब एक आखिरी चैनल देखता हूँ, यदि वह भी ऐसा ही अधर्मी निकला तो फिर स्वयं को और पानी नहीं करूँगा, सो जाऊँगा।" अगला चैनल पोर्न फिल्मों का था। मौलवी को मानो साँप सूँघ गया। वह गुस्से से चिल्लाते और हाथ-पैर पटकते हुए उठ खड़ा हुआ–"या अल्ला, तू इनकी रक्षा कर। लानत हो शैतान पर। ये क्या है...?" वह अपनी रजाई में जा घुसा और एक डरे हुए मनुष्य की भाँति जलते हुए बल्व में सोने की चेष्टा करने लगा। फ्रिज में रखी शीशियों और टी.वी. चैनलों की रंगीनियों ने उसकी नींद इतनी दूर भगा दी थी कि अब उसको पकड़ना बहुत मुश्किल था।

अब तो उसके सिर का दर्द भी तेजी से आगे की ओर बढ़े जा रहा था। पूरे तीन-चार घंटे करवटें बदलते गुजर गयी, परन्तु नींद का कहीं नामोनिशान तक न था। वह पागलों की तरह अपने आप से बातें करने लगा, "ईश्वर, मुझे माफ करना। जो भी है मैं पीता हूँ चाहे शराब है या दवा। मैं काफिर नहीं बनूँगा। मैंने तो इससे भी बहुत बड़े-बड़े गुनाह किये हैं। वह जल्दी से फ्रिज के निकट पहुँचा और दरवाजा खोल दिया, "पहले इस सफेद बोतल का आनन्द लेता हूँ।" उसने 'वोदका' की बोतल से एक गिलास भरा और होठों से लगाया ही था कि पहला घूँट उसे बहुत कड़वा लगा। वह फिर बोल पड़ा, "वही है। कुछ और नहीं...।"

उसने फिर टी.वी. भी चला दिया। यह कोई इटेलियन चैनल था। नग्न प्रेमी युगल प्रेम की गहन अनुभूति में मग्न थे। मुल्ला जी ने कई बार आँखें मूँदीं और खोलीं, किन्तु टी.वी. बन्द नहीं किया। मात्र इतना ही कहा, "या खुदा। क्षमा-क्षमा। तौबा-तौबा। मैं तेरा गुनहगार हूँ। पापी हूँ।"

इसके बाद तो मौलवी की आँखें टी.वी. स्क्रीन से नहीं हटीं और जैसे ही वोदका का सुरूर सिर चढ़ने लगा वह धीरे से बोला, "बड़ी मुश्किल से सिरदर्द कुछ हलका दिख रहा है।"

एक बार फिर उसे कुछ सूझा, "जरा इस दूसरी बोतल का स्वाद भी चखकर देखूँ," उसने दूसरा पेग चढ़ाया, "इसका भी वही स्वाद है।" कुछ समय पश्चात मौलवी के मुँह से अनायास निकल पड़ा, "सचमुच यार, मेरा तो बुखार भी चला गया। अब जरा वह दूसरी देखता हूँ जो थोड़ी-बहुत कसर होगी वह उसे भी समाप्त कर देगी।"

इससे पूर्व कि वह 'कोन्याक' की बोतल उठाता वह समझ गया कि नशा बढ़ रहा है। उसने स्वयं पर काबू किया और बहुत देर तक फिल्म के प्रणय दृश्यों में खोया रहा।

"ऐ परवरदिगार! तेरी रहमतों का अन्त नहीं। तूने क्या संसार रचा है, मनुष्य तेरी कौन-कौन सी रहमत देखे!" वह जब कई दृश्य देख चुका तो उसने फिर चैनल बदल दिया। अब एक पॉप सिंगर जो काफी नग्न थी, गा रही थी। मौलवी को वह अच्छी लगी, कुर्बान जाऊँ। ज़रा ठहर मैं ज़रा सरूर में हो जाऊँ। उसने 'कोन्याक' की

बोतल को गिलास में उड़ेला। तीसरा पेग उसने कुछ धीमी गति से चढ़ाया। अब वह सब कुछ भूल चुका था कि कहाँ है, क्या कर रहा है। जल्दी-जल्दी टी.वी. चैनलों को बदलने लगा, "कहाँ गया वह बदबख्त बेहया चैनल? वह नंगा...?"

और जब कई चैनलों को इधर-से-उधर बदलते-बदलते उकता गया तो खीजकर चीख़ उठा, ''कुत्ते... ये रहा मिल गया!"

उसने ह्विस्की के अन्तिम बड़े-बड़े घूँट हल्क से उतारे। बोतल में रही-सही अन्तिम कुछ बूँदें भी उसके गले से उतर गयी थीं। किन्तु जैसे गीली मिट्टी पर पड़ा थोड़ा पानी भी बह जाता है वैसे ही अब मौलवी पूर्णतया बेसुध था। अब वह बेड पर लेट गया और मस्ती और खुमार के बीच सुबह तक पोर्न फिल्में देखता रहा।

सुबह जब उसके अन्य साथी और सेमिनार के सहभागी उठकर तैयार हुए तो मौलवी साहब की आँख लग गयी। वह गहरी नींद में सोया था। टी.वी. पर अभी भी पोर्न फिल्में चल रही थीं। होटल के रेस्टोरेंट में मौलवी के अतिरिक्त शेष सभी आमंत्रित सदस्य मौजूद थे। कुछ ही समय पश्चात् ठीक नौ बजे सबको सेमिनार के तय स्थान पर पहुँचना था। मौलवी की अनुपस्थिति से सभी चिंतित हुए और एक सदस्य ने पूछा, "मुल्ला साहब कहाँ हैं, दिखाई नहीं देते?"

एक दूसरे सदस्य ने जो प्लेन में मौलवी के बग़ल में बैठे थे, उत्तर दिया, "मुल्ला साहब की तबियत कुछ ठीक नहीं लग रही थी। कहीं वे रात को सोये न हों और सुबह आँख लग गयी हो।"

निर्णय लिया गया कि सेमिनार के आयोजक उनके हाल जानने चले जाएँ ताकि कहीं कोई घटना न हो जाये?

आयोजक तुरन्त सीधा मुल्ला जी से मिलने के लिए चल पड़े। उन्होंने धीरे से उनके कमरे का दरवाजा खटखटाया परन्तु कोई उत्तर न मिला। फिर कुछ जोर से दरवाजा खटखटाया, फिर भी कोई उत्तर नहीं आया। अब चितिन्त हो उसने जोर से आवाज लगायी, "मुल्ला साहब!" 'मुल्ला साहब' सुनते ही मौलवी ने खाँसा और उत्तर दिया, "आया, सिर बहुत भारी है।" मौलवी ने शीघ्रता से कपड़े बदले। जल्दी-जल्दी खुली बोतलें उड़ेलीं तथा खाली बोतलें एक किनारे कर दीं। जब मौलवी तैयार होता रहा, सेमिनार के अन्य सदस्यगण

होटल से निकलने वाले थे। जब सभी एक-एक कर गेट से बाहर होने लगे तभी अचानक होटल के माइक से आवाज आयी, "320 नम्बर कक्ष के श्रीमान से भुगतान चुकता करने की याचना की जाती है।"

'320 कक्ष' सुनते ही मौलवी का रंग उड़ गया। वह एकाएक पूछ बैठा, "मैं हूँ, काहे का हिसाब? अतिथि से भी कोई हिसाब माँगता है?"

रिसेप्शन से फिर एनाउंसमेंट हुई, "ड्रिंक्स तथा फिल्म के 300 डालर अतिरिक्त बनते हैं।" ये सुनते ही आयोजकों द्वारा उपलब्ध ट्रांस्लेटर कुछ सहमकर पूछ बैठा, "मौलवी साहब! यह क्या कह रहे हैं? आपने मदिरा सेवन तो नहीं किया होगा?"

मौलवी का रंग पीला पड़ चुका था। अब कोई चारा न था। उसने कहा, "बस नाम मत लो। मुँह पर उँगली रख लो। कानोकान किसी को पता न चले। ईश्वर के सामने शर्मिंदगी तो कबूल है लेकिन इनसानों के सामने नहीं।" वह फिर अचम्भित होकर पूछने लगा, "तो ये इतनी महँगी है?"

आयोजक बोला, "मौलवी साहब! सौ डालर पोर्न फिल्म के हैं। यहाँ तो हर चीज पैसों की है।"

मुल्ला इन विचारों में धँसा हुआ था परन्तु किसी को कुछ पता नहीं चला। उसके हाथ-पैर काँप रहे थे। घबराई आवाज में वह बोला, "दीन भी गया और दुनिया भी। हे ईश्वर, इस हाल से मुसलमानों को बचा।" फिर उसने पैंट की जेब में हाथ डाला और सौ-सौ के तीन डालर निकाले तथा बिना देर किये सेमिनार में भाग लेने चल पड़ा।

समाज कल्याण

किवाड़ अचानक बुरी तरह पीटे जाने और बाहर गली में तालिबानों के चीखने-चिल्लाने से संगीत का पूरा कार्यक्रम चौपट हो गया। सभी के चेहरों से हँसी-खुशी काफूर हो गयी। सब दौड़े-दौड़े किसी-न-किसी कमरे में जा दुबके। मुँह से साँस लेने तक की आवाज नहीं निकल रही थी। वे एक-दूसरे को टकटकी बाँधे देखे जा रहे थे किन्तु किसी में भी गेट खोलने की हिम्मत न हुई। अचानक किसी ने जनतगुल से कहा—"जनरल साहब! जाइए! यदि हम सब हत्थे चढ़ गए तो अल्ला कसम, मार-मार कर भूसा भर देंगे।"

जनतगुल ने अपनी लम्बी दाढ़ी पर हाथ फेरा और वह कलमा पढ़कर स्वयं पर फूँकते हुए दबे पाँव गेट की ओर बढ़ गये। दरवाजे के बाहर तालिबानों की धमकियों से उनका खून जम चुका था, फिर भी हिम्मत जुटा कर उन्होंने गेट खोल ही दिया। अभी उन्होंने सिर बाहर निकाला भी न था कि मिन्नते समाजदे करने लगा—"साहब! मैं

तो स्वयं तालिब हूँ। जनरल हूँ पुलिस–मैं तैनात हूँ। ईश्वर इन्हें सद्बुद्धि दे।"

अभी उसका वाक्य पूरा भी नहीं हुआ था कि बाहर से एक भारी थप्पड़ उसके मुँह पर आ पड़ा–"बकवास मत कर दोगले! स्वयं को तालिब कहता है। अभी पूरा का पूरा तेरे सीने में उतार दूँगा।"

जनतगुल ने धीरे से सिर अन्दर कर लिया, किन्तु गेट खुला ही रहा। उसने किवाड़ के पीछे से कसमें खाने और मिन्नत समाजत करना शुरू कर दिया–"खुदा की कसम मैंने कुछ नहीं किया।"

हथियारबन्द तालिब चिल्ला उठा–"तुम्हारी ढोल-मंजीरे की आवाज सारे शहर में गूँज रही है और तू दोगले कहता है कि मैंने कुछ..."

जनतगुल ने हिम्मत करके कहा–"साहब, ब्याह-शादी में कुछ–न–कुछ हँसी-खुशी तो मजबूरन करनी पड़ती है। लेकिन मैं इस सफेद दाढ़ी की कसम खाता हूँ कि मैंने न तो मंजीरे को हाथ लगाया है, न ढोलक को।"

हथियारबन्द तालिब बोला–"और यदि तुम्हारे पास पा गये तो?"

जनतगुल बोला–"फिर जो आपका जी करे, करना। मुझे तो सभी जानते हैं।"

हथियारबन्द मुल्ला ने कहा–"अगर यह बात है तो फिर मंजीरे की आवाज कहाँ से आ रही थी?"

जनतगुल ने उत्तर दिया–"हम तो तेल की बड़ी कैन और चम्मच से परात बजा रहे थे।"

हथियारबन्द मुल्ला गुस्से में आगबबूला होकर बोला–"दुर्माती, सफेद दाढ़ी में भी झूठ बोलता है। शर्म नहीं आती!"

जनतगुल फिर कसमें खाने लगा–"मुल्ला साहब खुदा की कसम मैं झूठ नहीं बोल रहा।"

दल का मुख्य मुल्ला कुछ ढीला पड़ गया–"ठीक है... यदि कसमें खा रहा है तो... सब लोगों को और सभी सामानों को यहाँ ले आओ।"

जनतगुल ने हामी भरते ही विनती की–"मेरी एक याचना है

आप इन लड़कों को कुछ नहीं कहिएगा।"

बन्दूकधारी मुल्ला ने विश्वस्त किया–"यदि वे परात और प्लास्टिक कैन से इस बेहूदा संगीत की ध्वनि निकाल सकते हैं, तो क्षमा कर दूँगा।"

यह सुनकर जनतगुल की साँस में साँस आयी। शीघ्रता से अन्दर गया और उन दोनों युवकों तथा चम्मच, परात और प्लास्टिक की कैन के साथ वापस आ गया।

मुल्ला ने किवाड़ से आवाज लगायी–"बाहर निकाल इन्हें!" जनतगुल ने बेमन से किवाड़ खोली। तभी मुल्ला ने युवकों से पूछा–"क्या तुम कुरान की शपथ लेते हो कि तुमने ढोल और मंजीरा नहीं बजाया?"

युवकों ने उत्तर दिया– "जी, हम कसम खाने को तैयार हैं।"

मुल्ला ने आदेश सुनाया– "तो ठीक है। अब बजाकर दिखाओ, तुम्हारा सब झूठ पता लग जायेगा।"

युवकों ने तत्काल प्लास्टिक की कैन और चम्मच से परात बजानी प्रारम्भ कर दी। संगीत की मधुर ध्वनि ने मानो सभी बन्दूकधारियों पर जादू कर दिया "क्या कहने यार! इस काफिर चीजों की धुन तो कसम से, ढोल-मंजीरे से बहुत मिलती है।" और फिर युवकों की तरफ देखकर बोला–"अब साथ में एक गाना भी सुनाओ!"

लड़कों ने पूछा–"कौन सा?"

एक तालिबान के मुँह से अनायास निकला–"तालिबानों से सम्बन्धित कोई गीत याद है?"

युवकों ने उत्तराकांक्षी भाव से कहा–"तालिब, आज तेरी याद बहुत आयी है?"

तालिबों के सरगने ने शीघ्र कहा–"बिल्कुल यही गाना। बहुत समझदार लगते हो।" और युवकों ने मिलकर संगीत के साथ गाना शुरू कर दिया। कुछ तालिब भी स्वर में स्वर मिलाने लगे और तभी तालिबों के मुखिया भी मानो जादू के असर में स्वयं शुरू हो गये।

"कसम खुदा की मुझे तालिब
मुला तो बनके तू रहेगा।

पुस्तक से हटती नहीं आँख
लताएँ दिल में रहे हैं घनी"

उसने फिर मानो नींद से जगकर आदेश देते हुए बोला– "छोड़ दो इन्हें। हमने इनके साथ वादा किया था। और वादा हम नहीं तोड़ेंगे। उठा लाओ ये परात, चम्मच और कैन। सारी खराबी इनमें है।" फिर युवकों की ओर देखकर बोला– "चले जाओ अपने-अपने घर। हमने तुम्हें माफ़ किया। वादा निभाएँगे परन्तु कैन और परात छोड़ना पड़ेगा। इन नामुराद चीजों ने हमें मस्त कर दिया तो तुम क्या फिर बजाओगे और रातभर नाँचोगे।"

एक तालिब ने अपनी सहमति जताते हुए चापलूसी भरे स्वर में बोलना शुरू कर दिया– "मुल्ला साहब बिल्कुल ठीक फरमा रहे हैं। यदि संगीत कुछ देर और चला होता तो माँ कसम, मेरे से बिना नाचे नहीं रहा गया होता।"

दूसरे ने भी यही बात दुहराई–"सच, मेरे तो कन्धे थिरकने लगे थे।" तीसरे तालिब ने पूछा–''मुल्ला साहब कैन और परात कहाँ ले जानी है। कहीं ले जाकर कोई महफिल जमाएँगे या... ?"

मुल्ला गुस्से में बोला–"जहन्नुम में'' वह फिर कहने लगा–"जितना इन काफिर चीजों की तरफ देखोगे, उतना तुम कुफ़्र के जाल में धँसते जाओगे।'' वह फिर तेज आवाज़ में बोला, "उठाओ इन लानत भरी चीजों को। ले जाकर राज्यपाल (हाई कमांड) को इनकी करतूत बताएँगे। फिर जो आदेश मिला उसका पालन होगा।"

कैन और चम्मच-परात उठा ली गयीं और अनन्तः राज्यपाल हाई कमांड के सामने रख दी गयीं।

प्रधान मुल्ला ने जैसे ही यह वृत्तान्त सुना उसके आश्चर्य का ठिकाना न रहा और अचम्भित होकर पूछने लगा, "सच!"

मुल्ला ने उत्तर दिया, "कसम से, ढोल-मंजीरे और इनकी सुर-ताल आवाज में रत्ती भर अन्तर नहीं था। ऐसी मादक आवाज गूँज रही थी कि क्या बताऊँ।" फिर प्रधान मुल्ला सर्वोच्च मुल्ला तथा सर्वोपरि मुल्ला की ओर मुख कर सावधान मुद्रा में खड़ा हो गया।

सर्वोच्च मुल्ला तथा सर्वोपरि मुल्ला ने आपसी सलाह-मशविरे के बाद निर्णय सुनाया, "इन लोगों को जितना मना करो अपने लिए

कोई-न-कोई अल्टरनेटिव निकाल लाते हैं।"

इस पर राज्यपाल की भी हँसी छूट गयी, "कोई-न-कोई रास्ता ये निकाल ही लेते हैं।" वह फिर कुछ गम्भीर होकर पूछने लगा, "कोई चारा?"

प्रधान मुल्ला बोला, "यदि विचलित चालाकी से काम लेते हैं, तो हमें चाहिए कि हम उनके सभी छिद्र बन्द कर रहे हैं।"

सर्वोपरि मुल्ला ने पूछा, "इस सम्मोहन के विषय में आपके क्या विचार हैं?"

प्रधान मुल्ला बोला, "यही कि शासनाध्यक्ष तथा सर्वोपरि आदेश जारी करें कि इस प्रकार के प्लास्टिक कैन तथा परातों के आयात पर प्रतिबन्ध लगा दिया जाए।" सर्वोपरि मुल्ला ने प्रश्न किया, "और जो आयात हो चुके हैं?"

प्रधान ने उत्तर दिया, "इनके बारे में कल सुबह से लाउडस्पीकरों से ऐलान कर दिया जाए कि इस प्रकार की सभी कैनें तथा परातें हमारे हेडक्वार्टर में जमा कर दी जाएँ।" सर्वोपरि ने उसी समय अनुमोदन स्वीकार कर लिया, "मैं अभी इसी समय इस समाज कल्याण के कार्य पर हस्ताक्षर करता हूँ।"

प्रधान बोला, "मैं भी इसी समय अपने सभी कार्यकर्त्ता तालिबानों को आदेश देता हूँ कि इसको लागू करने के लिए पूरी कार्यवाही करें।"

सहमी गुड़िया

गुलाब ने ह्विस्की का चौथा पेग हल्क से उतार कैरी की कमर में हाथ डालते हुए उसे खींचा ही था कि उसने उसे धकेला, "अरे, ठहर नहीं सकते, इतनी भी क्या जल्दी है?" गुलाब ने बिना उसकी बात पर ध्यान दिये अपने होंठ उसके होंठों पर रख दिये और दोनों के हाथ एक-दूसरे के बदनों पर जा टिके। उँगलियाँ कमीज के अन्तिम बटन पर थीं कि फोन की घंटी बज उठी। बड़बड़ाता हुआ वह फोन की तरफ चला गया–"क्या अक्खड़ लोग हैं, बिल्कुल अक्ल नहीं, समय-असमय का कोई ध्यान नहीं रखते।" उसने गुस्से में फोन का रिसीवर कान से लगा लिया, "हैलो! हाँ गुलाब बोल रहा हूँ।"

दूसरी तरफ से सलाम के बाद आवाज आयी, "बेशर्म! हजार बार समझाया कि वेश है, सारी इज्जत मिट्टी में मिलाकर रख दी है। एक ही झटके में लुढ़का है, लेकिन तेरी कानों में जूँ तक नहीं रेंगी।" और इसी के साथ फोन कट गया।

गुलाब का सिर चकराने लगा। वह सोच में पड़ गया। वापसी नम्बर मिला ही रहा था कि आखिरी बटन दबाने से पूर्व ही कैटी ने उस पर हाथ रख दिया।

"शिष्टाचार नाम की भी कोई चीज होती है कि नहीं?"

"मैंने तो कहा था जल्दी मत करो। अगर ऐसे ही फोन सुनने थे तो मेरे कपड़े क्यों उतरवाए?"

गुलाब गम्भीरता से बोला, "जरा ठहरो। कुछ जरूरी बात है।"

कैटी बोली–"भाड़ में जाए। फोन का कनेक्शन निकाल दो। मुझे तैयार कर दिया। अब चल, बेडरूम चलें।"

वे दोनों पूर्णतया नग्न हो चुके थे कि अचानक फिर फोन की घंटी बज उठी। इससे पूर्व कि कैटी कुछ कह पाती, गुलाब उछलकर फोन रिसीवर उठा चुका था–"हैलो!"

जवाब मिला, "जलालुद्दीन, तेरा चाचा बोल रहा हूँ। गुस्से में तेरे बाप ने तुझे नहीं बताया... मैं बताये देता हूँ।"

गुलाब हैरान था, "क्यों, क्या हुआ?"

चाचा बोला– "तेरी बेहया, वेश्या बीवी रंगे हाथों दूसरे आदमी के साथ पकड़ी गयी।"

गुलाब विस्मित होकर बोला, "बाबा भी कुछ इशारा कर रहे थे.. मार दिया कि बच निकली?"

"बिल्कुल! मौके पर ही उस हरामजादे के साथ इकट्ठे...।"

"किसने?"

"नसीम, तेरे बेटे ने...।"

गुलाब का सिर गर्व से उठ गया, "शाबाश बेटे! वह भी इतना बड़ा हो गया।"

ताऊ ने भी गर्व से कहा, "दो चक्र खाली कर डाले।"

कैटी की बेचैनी चर्म पर थी। उसने गुलाब के हाथ से रिसीवर छीन कर नीचे रखा और फिर बेशर्मी से फोन का कनेक्शन निकाल दिया, "बोला था न कि फोन का कनेक्शन निकाल दे। एक बार यदि मन उचाट हो गया तो फिर मिन्नतें करते-करते मर भी जाओगे... लेकिन कसम है कि...।"

गुलाब चापलूसी करने लगा, "ठीक है जानम!"

"मैंने कब मना किया है। गलती मेरी है... पर फोन बहुत जरूरी था।"

कैटी ने पूछा, "कहाँ से आया था?"

गुलाब ने उत्तर दिया, "पाकिस्तान से... घर से।"

"कौन, बीवी थी?"

गुलाब का पारा चढ़ गया, "उस कमीनी का नाम मत लो।"

कैटी मुस्कुराई, "कब से मुझे इतना चाहने लगा है?"

गुलाब ने मक्खनबाजी करते हुए कहा, "तुम तो हमेशा मेरी जान रही हो।" वह फिर एक लम्बी साँस लेकर बोला, "पर तुम्हें पाना आसान न था।"

कैटी हैरानी से बोली, "क्यूँ, क्या हुआ?"

गुलाब बोला, "बला से छुटकारा मिला।"

"क्यूँ? क्या कह रहे हो? मर गयी?"

"मरी, नहीं मार दी गयी"

"किसने?"

वह गर्व से बोला, "मेरे बब्बर शेर बेटे ने।"

"अपनी माँ को...?"

गुलाब ने बड़े इतमिनान से कहा, "हाँ कैटी! हमारे रस्म व रिवाज के अनुसार जो स्त्री अपने पति के अतिरिक्त किसी भी पराये मर्द से शारीरिक सम्बन्ध रखती है, उसे उसी क्षण मार दिया जाता है।"

कैटी उछल पड़ी, "ये कैसी वहशत है। बेटे ने अपनी माँ का..." वह गहरे विचारों में डूब गयी "पर हम दोनों ने भी तो शादी नहीं की। अगर तुम्हारा पुत्र मुझे तुम्हारे साथ देख ले तो?"

गुलाब ने पूर्ण विश्वास से उत्तर दिया, ''सौभाग्य से अभी तक ऐसी कोई घटना नहीं घटी कि किसी पुत्र ने पर नारी से अवैध सम्बन्धों के लिए किसी पिता को मारा हो।"

कैटी ने बिना सोचे कहा, "तो तुम इसे न्याय समझते हो?"

गुलाब बोला, "ये न्याय-अन्याय पर गोष्ठी का समय नहीं। आओ, भाड़ में जाए यह सब। अपने ब्याह रचाने की बात करो। एक कार्ड मेरे बब्बर शेर को भी भेजो।"

गुलाब ने उसे अपनी बाँहों में जकड़ लिया, किन्तु कैटी ने शीघ्रता

से खुद को छुड़ा लिया, "यदि तुम्हारा बेटा यहाँ मुझे किसी के साथ देख ले तब...?"

गुलाब ने तत्काल जवाब दिया, "यदि माँ को मारा तो सौतेली को कहाँ बख्शेगा?"

कैटी का मानव दिमाग सुन्न हो गया और वह गुस्से में बेडरूम में घुस गयी। वह जल्दी-जल्दी कपड़े पहनने लगी और स्वयं से बोलती गयी, "ये कैसी वहशत है। जुल्म है जुल्म?"

गुलाब उसे मनाता रहा, "आज मत जाओ। कल हर बात पर विस्तार से बात करेंगे। देखो यदि हमारे रीति-रिवाज में बुराइयाँ हैं तो अच्छाइयाँ भी तो हैं...।" किन्तु कैटी ने जबरदस्ती उससे अपना हाथ खींच लिया और सदा के लिए उससे अपनी पाँच साल पुरानी मित्रता का अन्त कर दिया।

बहाना

"अरे यार बहादुर! ये काफिर की औलाद कहीं का नहीं छोड़ेगी।" बहादुर खान, गुलज़मान की इस बात से हक्का-बक्का रह गया। उसकी हैरानी का ठिकाना न रहा। होंठों पर बनावटी मुस्कुराहट बिखेरते हुए वह बोला–"आप क्या कह रहे हैं, कमांडर साहब? अब हम जो भी करें कर सकते हैं क्योंकि आप ने तो हमें पक्का मुसलमानों की पंक्ति से ही निकाल रखा है। लेकिन ये आज आप को क्या हो गया है?"

गुलज़मान ने शीघ्रता से उत्तर दिया–"बहादुर खान, क्यूँ मेरे दिल को छेड़ते हो। ईश्वर की कसम, किसी का बाप भी इन्हें देखकर होश में नहीं रह सकता। देखा नहीं, हरेक को खुदा ने अपने हाथों कैसे तराशा है।"

बहादुर खान बोला–"लेकिन तुम्हारे तो तीन निकाह हो चुके हैं देश में।"

ज़मानगुल ने उत्तर दिया–"ठीक है, बुरा हो इन तालिबानों का। अगर नहीं आये होते तो मैं क्यूँ काफिरों के इस देश में आता। मैं तो राजा था राजा। तीसरी बीवी काबलन टीचर थी। जिन दिनों मुजाहिदों ने आक्रमण किया था उन्हीं दिनों मेरी उससे शादी हुई थी।"

बहादुर खान ने फिर पूछा–"इतनी सुन्दर काली घनी दाढ़ी और ये बातें? कमांडर साहब लोग क्या कहेंगे?"

ज़मानगुल ने कहा–"बहादुर खान, तुम्हारी बात बिल्कुल ठीक है। तुम यह मत पूछना कि मैंने महिलाओं के चित्र रखने के कारण कितने लोगों के हाथ-पैर तोड़े होंगे? चलो यार, छोड़ो इन बातों को...।" कुछ सोचकर वह चुप हो गया। परन्तु बहादुर खान ने ज़िद करके पूछ ही लिया, "...किन बातों को?"

ज़मानगुल के होंठों पर मुस्कुराहट बिखर गयी–"बात यह है बहादुर खान, अगर मुन्ना उमर भी यहाँ आ जाए तो कसम खुदा की इन परियों को देखकर खुद पर काबू नहीं कर पाएगा। यदि सच पूछो तो इन्हीं के कारण हर रात मेरी तबियत खराब हो जाती है।"

इस बात पर बहादुर खान की हँसी छूट गयी। वह कुछ पूछना चाह रहा था किन्तु ज़मानगुल पहल कर बैठा–"क्या बताऊँ बहादुर भाई! हम तो वैसे भी पापी हैं। मैंने तो इससे भी बड़े-बड़े पाप किये हैं। ईश्वर मुझे क्षमा करें।"

बहादुर ने बात काटी–"तो अब क्या चाहते हो, आज्ञा दो कमांडर साहब!"

ज़मानगुल को इस बात पर हौसला मिला–"अब हुई न मर्दों वाली बात। बस एक नील परी के दर्शन करा दो।"

बहादुर खान बोला–"पर इस पर तो कुछ खर्च..."

ज़मानगुल शीघ्रता से बोला–"अरे भाई, खर्चे-वर्चे की फिक्र मत करो। क्या होगा एक दो नोट बस।"

बहादुर ने कहा–"हाँ हाँ सौ डालर काफी होंगे।"

ज़मानगुल ने जेब में हाथ डाला–"लो। तीन नोट हैं। काफी है न?"

बहादुर ने नोट सँभालते हुए कहा–"अभी जाता हूँ और अपनी मित्र को बोलता हूँ कि अपनी कोई सहेली ले आये।"

ज़मानगुल ने बेसाख्ता ठहाका लगाया–"ध्यान रखना, सुन्दर हो। कोई काली भैंस-वैंस न ले आये।"

बहादुर खान को भी हँसी आ गयी और वह तसल्ली देते हुए बोला–"अरे यार! चिन्ता मत करो। यहाँ तुमने एक भी बदसूरत देखी है क्या?"

ज़मानगुल सहमति से बोला–"ठीक है, तो बिस्मिल्ला कर लो। जैसे तुम्हारी मर्जी वैसे करो। पैसे कम पड़ें तो बता देना। यदि पूरा बाजार भी खरीदना पड़े तो पीछे मत हटना।"

बहादुर खान ने कहा–"शीघ्र वहीं जा रहा हूँ। रात को एक बढ़िया-सी दावत जमाएँगे। लेकिन एक बहाना बनाना पड़ेगा।"

और ज़मानगुल ने बहाना बनाने में तनिक देर नहीं की–उसने कहा, "कह देना, मेरा जन्मदिन है।"

बहादुर चेहरे पर एक बनावटी मुस्कुराहट लिये आगे बढ़ा और नगर के सबसे प्रसिद्ध एस्कोर्ट सेंटर की ओर चलते-चलते ज़मानगुल की ओर मुड़कर उसे विश्वस्त करता गया–"तुम घर पहुँचो, मैं सब कुछ साथ लेता आऊँगा। बढ़िया खाने का प्रबन्ध करूँगा।"

बहादुर खान अभी चन्द कदम भी नहीं बढ़ पाया था कि रुककर उसने दूर से ही ज़मानगुल को पुकारा–"कमांडर साहब, मदिरा पान कैसा रहेगा?"

ज़मानगुल ने हैरानी से पूछा–"क्यूँ?"

बहादुर खान ने कहा–"इसके बिना इन कातिल हसीनाओं को मस्ती नहीं चढ़ती?"

ज़मानगुल ने कहा–"ठीक है, ठीक है। जैसी तुम्हारी मर्जी–जब गुनाह कर रहे हैं तो क्या एक, क्या दस। ईश्वर हमें माफ करें।"

मेज़ पर डिनर लग चुका था। ज़मानगुल तथा बहादुर खान दोनों ने उन हसीनाओं के गले में बाँह डाल रखी थी और फिर डिनर शुरू कर दिया गया। ज़मानगुल की संगिनी ने उसे कुछ कहा, किन्तु उसे एशियन नहीं आती थी। वह बहादुर खान की ओर देखकर बोला–"बहादुर! यार क्या कह रही है?"

बहादुर ने उसे बताया–"कमांडर साहब! कह रही थी बड़े सजीले जवान हो।"

ज़मानगुल में आत्मविश्वास भर आया तो वह बोला—"इसे कह दो कि तुम्हारी आँखें बहुत सुन्दर हैं।" तब उस हसीना ने शराब का एक प्याला भर कर ज़मानगुल के सामने कर दिया। बहादुर ने कहा—"कमांडर साहब, नताशा कहती है कि थोड़ा शबाब में शराब मिली हो।"

ज़मानगुल कुछ सहम कर बोला—"यदि ऐसा न करूँ तो?"

बहादुर ने कहा—"नताशा कहती है मुझे बहुत दुख होगा।"

"इसे कह दो, अल्ला तुम्हें कभी दुखी न करे।" और फिर जल्दी से ज़मानगुल ने उसके हाथों से जाम थाम लिया। उसे शराब में बहुत मज़ा आता गया। कुछ मस्ती का खुमार चढ़ा तो वह अपनी वास्तविकता पर उतर आया—"यार क्या काफिर चीज है यह इनसान को चूहे से बब्बर शेर बना देती है। हुस्न का मजा इसके बिना कुछ नहीं, अधूरा है।"

नताशा ने उसका हाथ थाम अपने निकट कर म्यूज़िक का लेबल बढ़ा दिया। ज़मानगुल ने बहादुर से कहा—"अरे भाई, इसे कहो मुझे यह नखरे नहीं आते। तुम अपना डांस करो। मैं अपना कबाइली रक्स करूँगा।" और फिर चारों गाने लगे।

इस बीच नताशा ने ज़मानगुल के सामने एक शर्त रख दी जिसका बहादुर खान ने पश्तों में अनुवाद कर उसे समझाया—"कमांडर, नताशा चाहती है यदि दाढ़ी मूँड़ लो तो मजा आये।"

ज़मानगुल बोला—"कह दो, फिर किसी वक्त देख लेंगे। अभी दाढ़ी-वाड़ी छोड़े," किन्तु शीघ्र वह मान गया। वह बिना कुछ कहे तेज कदमों से बाथरूम में घुसा और उसी क्षण साफ-सुथरा चेहरा लिए वापस आते ही उसने नताशा को अपने अंग में भर लिया। उसके होंठ नताशा के होंठों का रस लेने लगे। वह जाम पे जाम उड़ेलता गया और जब पूरी तरह डूब गया तो स्वयं से ही बतियाने लगा—"बहादुर... नताशा को बोलो...।"

"क्या?"

"बोलो, मुझे क्षमा कर दें मैंने इन्हीं के विरुद्ध जिहाद किया है। अच्छा यार, सच-सच बता क्या मैंने जिहाद करके बुरा किया। क्या वह धर्मसंगत नहीं था?"

शराब बहादुर के भी सिर चढ़ चुकी थी, परन्तु अभी कुछ होश बाकी था। वह बोला–"ये राजनीति का समय नहीं है। कमांडर साहब रणनीति का समय है। बताओ माल पसन्द आया कि नहीं?"

पसन्द न होता तो शराब पीता? दाढ़ी मूड़ता और यह कह दूसरा जाम भरने लगा। बहादुर खान भी एक जाम निगला और फिर साथ वाले कमरे में चला गया।

नताशा और ज़मानगुल रात भर बगलगीर रहे। अगले दिन ज़मानगुल बहुत देर तक सोता रहा और अपनी व्यावसायिक गतिविधि यों तक से वंचित रहा। पिछले कई सालों में पहला अवसर था कि वह सुबह की नमाज से वंचित रह गया था। इसी कारण उठते साथ ही नंगा बाथरूम में जा घुसा। हाथ-पैर धो स्वच्छ होकर शीघ्रता से नंगी पड़ी नताशा के निकट नमाज के लिए जा खड़ा हुआ और उसने हाथ कानों पर टिका दिये। कुछ ही देर में नमाज समाप्ति पर सलाम कर बस इतनी ही दुआ कर पाया, "या अल्ला अपने इस पापी को क्षमा करें।"

वह फिर नताशा को निहारने लगा। उसके सिर के पास खड़ा होकर सोच रहा था, "क्या बला हो! सचमुच आज तो काबुल का सा मंजा आ गया।" उसका मन भरा नहीं था। वह एक बार फिर बिस्तर में घुसने को था कि बहादुर खान की खाँसी ने रुकावट डाल दी।

बहादुर खान का सिर अभी भी मदिरा की अधिकता के कारण भारी था। उसने हँसकर गुलज़मान से कहा, "कमांडर साहब! सूरज सिर पर आ चुका है। तैयार हो जाओ, मार्किट भी जाना है।"

"मार्किट को गोली मारो। संसार की इस भूख का कोई अन्त नहीं," उसने कहा।

"अच्छा, रात कैसी कटी।" बहादुर खान ने मुस्कुराते हुए पूछा। "क्या पूछते हो यार! सोते-जागते मेनकाओं से घिरा रहा। रात भर पर्वतों के शिखर पर उड़ता रहा, गुलज़मान ने उत्तर दिया और उसी साँस में बहादुर से प्रश्न किया, "बहादुर खान, इस परी के लिए कोई नीतिसंगत उपाय नहीं हो सकता। चौथी हो जाएगी।"

"कमांडर साहब! ये अफगानिस्तान नहीं है। यहाँ पूरी स्वतंत्रता है। न तुम निभा पाओगे और न ये। तुम्हारी बात ठीक है। ऐसा इसका

चस्का चखकर रह नहीं सकूँगा।" गुलज़मान ने उसकी बात स्वीकारते हुए कहा।

"अच्छा, बाकी सब तो छुपा लेंगे, लेकिन कमांडर साहब दाढ़ी के विषय में लोगों को क्या कहेंगे?"

गुलज़मान ने मुस्कुराते हुए कहा, "सच बताऊँ तो बहुत समय से परेशान था। बस कोई बहाना ढूँढ़ रहा था, और बहाना भी खुदा ने ऐसा दिया कि बचाने का कोई विकल्प नहीं था," और दोनों जोर से हँसने लगने।

पचास मिलियन

"जो कोई अमेरिका को मृत या जीवित बिन लादेन लाकर देगा उसे पचास मिलियन डालर का पुरस्कार दिया जाएगा।" समाचार अभी चल ही रहा था कि जाजदाद सहसा चीख पड़ा–"पचास मिलियन।"

तत्पश्चात उसने विद्रोह तथा जिहाद के अपने चिर-परिचित साथी गुलदाद की ओर देखा और तीसरी बार ठंडी साँस लेकर बोला, "पचास मिलियन? इसे कहते हैं इनाम।"

गुलदाद ने स्वीकृति में सिर हिलाया, "ठीक है, किन्तु ऐसा वीर आज तक किसी माँ ने नहीं जना जो उसे ढूँढ़ सके।"

"पचास मिलियन माँदों में सिर घुसेड़े तब... ?" जानदाद बीच में बोल पड़ा, "अमेरिकन इतने कच्चे नहीं है–वह जानते हैं कि पचास मिलियन माँएँ वैसी ही पचास मिलियन बली चाहती हैं।" और फिर उसमें गुलदाद से कहा–"किन्तु पचास मिलियन कहना सरल है यदि इस रकम के लिए 50 मिलियन जोखिम भी उठाने पड़ें तो क्या कम हैं।"

गुलदाद ने उसे डराया–"पर वह भी इतना कच्चा नहीं है। उसके निकट जाने का मतलब है भभकती आग में कूदना। अमेरिकन के मुकाबले उसके मुखबिर ज्यादा हैं और अगर उसे पता चला तो ईश्वर की कसम 50 मिलियन बिलों में से भी खींच निकालेगा। जानदाद की हँसी छूट पड़ी, "और 50 मिलियन कीलें सिर में ठोक डालेगा।"

गुलदाद को फिर मूल विषय की ओर मोड़ते हुए उसने प्रश्न किया–"चलो छोड़ो, इसे असल बात बताओ। तुम क्या समझते हो, यदि हम कमर कस भी लें तो कुछ नहीं होगा–बहुत जानवर हैं मेरे तालिबानों में।"

गुलदाद ने प्रश्न किया, "तो तुम चाहते हो कि उनकी (सफ) गुट में शामिल हो जाओ?"

जानदाद बोला, "और क्या हो सकता है, ईश्वर कोई रास्ता निकाल दे?"

गुलदाद ने सहमति जतायी, "बात तो तेरी ठीक है, यदि कुछ हल्की गन्ध भी मिली और अमेरिकन विश्वस्त हो गये तो खाली हाथ कभी नहीं छोड़ेंगे। लोगों के मुँह सूँघो, कुछ-न-कुछ अवश्य प्राप्त होगा।"

जानदाद ने पूछा, "तो क्या समझते हो, कुछ हो सकता है?"

गुलदाद ने तत्काल उत्तर दिया, "काम तो बहुत जटिल है, किन्तु हो सकता है। बस ऐसा करो कि पर्वतों पर खाक छाननी शुरू कर दी। तालिबानों का आश्रय लो, मैं अमेरिकन से जा मिलूँगा। बस ज़ो कुछ सुनो-देखो मुझे बताना। मैं जानूँ और मेरा काम।"

वे दोनों अभी इन्हीं बातों में व्यस्त थे कि शाम की अजान सुनाई पड़ी। दोनों उठ खड़े हुए और उसी समय मस्जिद जा पहुँचे। नमाज के उपरान्त जानदाद ने गुलदाद से हाथ मिलाया और घर की ओर चल पड़ा। रात में कई विचार उसके मन में उठे जो सभी बिन लादेन तथा 50 मिलियन डालर के चारों ओर घूम रहे थे। उसे डर लगा, भाँति-भाँति के कुविचारों ने उसे आ घेरा–यदि किसी को शक हो गया तो? जब वह इतनी बड़ी सेनाओं तथा पैसों के बल पर नहीं निकाल पाये तो मैं क्या हूँ? यदि जाहिरशाह को इटली और मसूद

को चारीकार से खींच लाये तो मैं क्या चीज हूँ?

जानदाद इन्हीं विचारों में डूबा घर पहुँच गया, लेकिन इन बातों ने अभी उसके मस्तिष्क को जकड़ रखा था। उसे यह पता नहीं चल रहा था कि घर पहुँचा हुआ है और उसकी पत्नी उसके सामने खड़ी है और वह 50 मिलियन के हवस के झूलों के संसार में है।

सोच-विचारों ने उसे रात भर सोने न दिया। वह करवटें बदलता रहा। वह कुछ समझ नहीं पा रहा था। आधी रात के बाद दूसरी पत्नी ने, जोकि जवान थी, उसके विचारों को भंग किया, "क्या हुआ है तुम्हें? नींद क्यूँ नहीं आ रही?"

जानदाद बोला–"कुछ समझ नहीं आ रहा।"

उसकी पत्नी कुछ विस्मित हो बोली, "क्या नहीं समझ आ रहा?"

जानदाद ने शीघ्रता से कहा, "बिन लादेन का।"

पत्नी की हैरानी और बढ़ गयी, "बिन लादेन! तुम्हें उससे क्या लेना? अमेरिकन जानें और वह।"

जानदाद ने पूछा, "तुमने रेडियो सुना?"

"नहीं।"

जानदाद ने उसे सूचित किया–"बिन लादेन को मृत या जीवित लाने वाले को अमेरिकन मिलियन डालर देंगे।"

बीवी को हैरानी हुई–"पचास मिलियन डालर!"

जानदाद बोला– "हाँ, 50 मिलियन डालर।" उसने 50 मिलियन कई बार दोहराया और फिर बोला, "तुम्हें पता है जानूँ, यदि ईश्वर ने इस काम में सफलता दे दी तो तुम सोने-चाँदी से ढक जाओगी। इतनी रकम पाओगी कि गिनने बैठो तो भी नहीं गिनी जा सकती। फिर तो कोई कमांडर मेरी बराबरी नहीं कर पाएगा। पैसों से ही इन्सान जाना जाता है। और यदि एक बार पैसा हाथ आ जाए तो फिर अमेरिकन भी तेरे, और हर कोई तेरा गुलाम।"

किन्तु पत्नी ने उसे भयभीत किया, "खजाना यदि सोने का भी हो तो भी कोई आग में नहीं कूदता। थोड़ा नीचे आ जाओ। इतनी ऊँची उड़ान ठीक नहीं। आज तुम्हारे पास किस चीज की कमी है?"

जानदाद बोला–"कमी! ये दो खटारा कारें, एक बंगला, दो

छुटकी दुकानें, बस यही तुम्हारी दौलत है। इससे तुम दोनों और बच्चों की फौज का गुजारा कैसे हो सकता है? मैं क्या किसी से कम हूँ। वीरता में कम हूँ। गिनकर 10 लड़ाकू जहाजों को स्टिंगर से मार गिराया है, 25 टैंक इन्हीं हाथों से खाक किये हैं, 1500 विरोधियों को सदा के लिए नींद की गोद सुलाया है, इतनी कुर्बानियाँ और इतने जोखिम क्या ऐसे ही उठाए? युद्ध में सबसे आगे और बाँट में सबसे पीछे–यह मुझे गवारा नहीं।"

अगले दिन जानदाद सुबह-सवेरे घर से निकल पड़ा और सीधा उन्हीं स्थानों पर जा पहुँचा, जहाँ उसे बिन लादेन के लुके होने का अंदेशा था–नूरिस्तान की पर्वतीय शृंखलताएँ, तोरा बोड़ा, कूनड़, स्पीनग़र, हैलमंद, उजरगन आदि छाँटते-छाँटते उसे एक वर्ष बीत गया, किन्तु कोई सफलता प्राप्त न हुई। बिन लादेन के न मिलने से वह बुरी तरह मायूस हो गया। उसे लग रहा था मानो वह एक महायुद्ध हार चुका हो। ये उसे अपनी सबसे बड़ी हार प्रतीत होती थी जैसे एक महाराजा अपना सर्वस्व खो जाता है।

इस हार से उसकी 50 मिलियन प्राप्ति की सभी आशाएँ तो धूमिल हुईं, साथ ही उसका आत्मविश्वास भी क्षीण हो गया। इतने पैसों के लालच में कई अजीबोगरीब विचार उसके मन में उपजे थे–काम भी नहीं हुआ और उस क्रूर को एक न एक दिन जरूर मेरे बारे में पता चल जाएगा। कुछ करना पड़ेगा।

अचानक फिर सोच-विचारों में वह निकला–मुझे हर हाल में कुछ-न-कुछ करना चाहिए–ये अवसर छोड़ना नहीं चाहिए। उसने बिन लादेन की फोटो जेब से निकाली और देर तक उसे देखता रहा कि किससे मिलती है। तभी उसने स्वयं ही उत्तर दे डाला–खानमीर चाचा! किन्तु वह आयु में अधिक है। फिर उसे शाहजवान का विचार उमड़ा–है तो बिल्कुल वही सूरत, पर आयु उसकी भी ज्यादा है।

अपनी ममेरी बहन के ससुर गुलाब का चेहरा उसके सामने आया–हाँ, वह तो वैसा ही है और वह ठंडी साँस लेकर रह गया, "अफसोस वह अब इस संसार में नहीं रहा।" कुछ ही पलों में सारा गाँव और सभी सगे-सम्बन्धी उसकी आँखों के सामने से गुज़रने

लगे। उसने हरेक का चेहरा बिन लादेन से मिलाया परन्तु पूरी तरह कोई भी लादेन जैसा ना निकला।

घर लौटते हुए सारे रास्ते वह उधेड़बुन में लगा रहा। अन्ततः असमंजस भरे इन्हीं विचारों में वह घर पहुँच गया। घर पहुँचकर किवाड़ खटखटाने को हाथ बढ़ाया ही था कि दूर से उसके छोटे भाई ने उसे नमस्कार किया–"भैया सलामालेकुम!"

जानदाद ने जैसे ही अपने भाई को देखा उसका माथा ठनका और विस्मयभरी खुशी की अद्‌भुत लहर उसके मन में दौड़ गयी, "अरे! इसे मैं कैसे भूल गया था? ये तो बिल्कुल वैसा ही है। स्वयं वही है।" यह सोचकर उसका मन खुशी से पागल हो उठा। घर घुसने से पहले ही भाई से धीरे बोला–"तुम जाओ! मैं जरा फ्रेश हो आता हूँ।" शौचालय में उसने जल्दी से फिर बिन लादेन की तस्वीर निकाली और उसे देखने लगा। उसने काफी समय तक लादेन और अपने अनुज की छवि का निरीक्षण किया। उसके बाद वह अपनी छोटी पत्नी के कमरे में जा घुसा। वह उसे देखते ही लिपट गयी। "मिल गया?" उसके मुँह से अनायास ही निकला।

"जिन खोजा तिन पाइयाँ," जानदाद ने दार्शनिकों की भाँति उत्तर दिया।

किन्तु पत्नी ने जिद की–"क्या पागलों जैसे कह रहे हो? साफ-साफ बताओ। क्या मिल गया वह?"

जानदाद ने उत्तर दिया, "हाँ,"

पत्नी ने स्थान के विषय में पूछा–"कहाँ?"

जानदाद बोला–"यहीं।"

वह हैरान हो गयी– "यहाँ?"

जानदाद ने कहा–"हाँ, यहीं। इसी घर में।"

बीवी की कौतूहलता और बढ़ गयी–"क्या अनाप–शनाप बक रहे हो।"

जानदाद के होंठों पर मुस्कान दौड़ी, "तुम्हें क्या मतलब, तुम्हारी झोली में यदि 50 मिलियन न लाकर डाले तो कम से कम पाँच मिलियन तो ला ही दूँगा।"

पत्नी ने विस्तार से जानना चाहा—"मुझे कुछ समझ नहीं आ रहा।"

जानदाद ने जेब से चित्र निकाला—"यह फोटो देख रही हो?"

पत्नी ने उत्तर दिया—"हाँ, यह तो बिन लादेन है।"

उसने समीप की दीवार पर लटकी फोटो की ओर इशारा किया, "और यह?"

पत्नी बोली—"यह तो मेरे देवर, तुम्हारे अनुज ज़रदाद की है।"

जानदाद बोला—"दोनों में अन्तर?"

बीवी ने हैरानी से कहा—"बिल्कुल जुड़वाँ लगते हैं।"

जानदाद ने ज़ोर से ठहाका लगाया—"ये मारा, जीत गया, बस तुम्हारे सत्यापन की जरूरत थी।"

पत्नी ने फिर हैरानी से पूछा—"क्या जीत गया!"

उत्तर मिला—"50 मिलियन डालर!"

और फिर बोला—"अब ये बात पक्की समझो।"

बीवी ने प्रश्न किया—"कौन सी बात?"

जानदाद ने कहा—"ज़रदाद की बात, मेरे भाई ज़रदाद की बात।"

बीवी पूर्णतया अचम्भित थी—"क्यों क्या बात है?"

जानदाद ने कहा—"बस ईश्वर ने मकसद में सफलता दे दी है।"

पत्नी बोली—"कौन-सा मकसद? कौन-सी सफलता?"

जानदाद ने बताया—"50 मिलियन डालरों का मकसद।"

पत्नी की उत्सुकता चरम सीमा पर पहुँच चुकी थी—"देखो, मुझे संक्षेप में बताओ।"

जानदाद ने कहा—"अब तो संक्षेप हो गया।"

पत्नी ने पूछा—"कैसे?"

जानदाद ने कहा— "यही कि ज़रदाद को मृत्यु और हमें जीवन के स्वर्ग की प्राप्ति होगी।"

पत्नी के मुँह से सहसा एक चीख निकली—"क्या बक रहे हो। मारोगे उसे। आकाश फट जाएगा। कयामत आ जाएगी। अपने सगे भाई को मारोगे?"

जानदाद बोला—"काबुल में पिछले कई वर्षों से हमारे शासन में

जो लोग मरखप गये, क्या वह किसी के भाई नहीं थे? आकाश वहाँ क्यों नहीं फटा? कयामत तब क्यों नहीं आयी?"

पत्नी अब आगे कुछ कह नहीं पायी और बहुत निराश, उदास, रुआँसी और सहमी हुई दूसरे कमरे में चली गयी। जानदाद ने उसका पीछा नहीं छोड़ा, सीधा वहीं चला गया और वह किवाड़ बन्द कर उसके कान में फुसफुसाया–"यदि जरा भी जुबान खोली तो रिवाल्वर देख रही हो। पूरा-पूरा भेजे में उतार दूँगा।" फिर पुचकारते हुए बोला–"मैं यह सब अपने लिए नहीं कर रहा। चाहता हूँ तुम्हारी आने वाली सात पीढ़ियों का इन्तजाम करता जाऊँ।"

भय से काँपती उसकी पत्नी इतना कह पायी–"मैं और मेरे बच्चे ज़हर खा लेंगे, तुम अपनी चिन्ता मत करो। ईश्वर से डरो," लेकिन जानदान जैसे बहरा हो गया था। बात बदल कर बोला–"कहाँ है बड़ा गंडासा?"

उसकी पत्नी कुछ नहीं बोली। जानदाद गुस्से में आगबबूला हो गया–"चल मर यहीं? मैं स्वयं ढूँढ़ लूँगा। पर देख, चूँ नहीं करना। कुछ समय पश्चात् उसे बड़ा गंडासा मिल गया। तभी वह अपने मेहमान भाई के पास पहुँचा।"

आधी रात को भाई के असमय आगमन ने ज़रदाद को हैरान कर दिया और जब उसके हाथ में गंडासा देखा तो पूर्णतया विचलित हो गया। उसने सोचा कहीं भाई का दिमाग तो खराब नहीं हो गया है। उठकर बैठ गया। इससे पूर्व कि जानदाद के आने का कारण पूछे जानदाद पहल कर बैठा–"घबराओ मत। मुझे तुमसे कुछ पूछना है। अच्छा बताओ, क्या मैं तुम्हारा भाई हूँ कि नहीं?"

ज़रदाद ने रुआँसे में विस्मित होते उत्तर दिया–"इसमें क्या शक है? आपने ऐसा क्यों पूछा?" जानदाद ने दूसरा प्रश्न किया–"क्या तुम मेरी हर बात मानोगे?"

भाई ने पूर्णतया आश्वस्त करते उत्तर दिया–"भइया यदि मेरा सर चाहिए तो भी मैं मना नहीं करूंगा।"

जानदाद के चेहरे पर एक अजीब खुशी बिखरी–"शाबाश! भाई इसी को कहते हैं और आगे बोला–"क्या तुम यह बात मन से कह रहे हो?"

ज़रदाद बोला–"मैंने दोगलापन नहीं सीखा भइया, तुमने तो मुझे गोद में खिलाया है। मैंने सदा तुम्हें अपने बाप की तरह माना है। विश्वास न हो तो अभी मेरी गर्दन पर गंडासा चलाकर देखो, उफ तक नहीं करूँगा। मेरा खून भी तुम्हारे लिए माफ है।"

जानदाद विश्वस्त हो गया–"मुझे तुम पर गर्व है।" फिर निश्चिन्त हो बोला–"तुम्हारे और अपने लिए मैंने एक बहुत बढ़िया सौदे की जुगत लड़ाई है।"

ज़रदाद अचम्भित हो बोला–"सौदा! कैसा सौदा? मुझे समझ में नहीं आया। पूरी बात बताओ न भइया?"

जानदाद ने तत्क्षण उत्तर दिया–"क्या करोगे जानकार भी। दोनों के लिए बहुत बढ़िया है।"

ज़रदाद ने उत्सुकतावश पूछा–"भइया, मुझे बताओ तो सही। कैसा सौदा है? क्या जुगत है?"

जानदाद बोला–"यह तो नहीं बता सकता? लेकिन इसे ईश्वर, दूसरे मैं और तीसरे तेरी छोटी भाभी जानती है।"

ज़रदाद की हैरानी चरम सीमा पर थी।

कुछ कहना चाहता था कि जानदाद बोल पड़ा–"तुम्हें जानने की जरूरत भी नहीं? तुम्हीं ने तो कहा था कि जो भी कहूँगा उससे इनकार नहीं करोगे।"

ज़रदाद ने कहा–"भइया मैंने तो कह दिया यदि मेरे गले पर गंडासा चलाने से भी तुम्हारा भला होता है तो बाप की औलाद न हूँगा यदि इनकार कर दिया।"

इस अन्तिम वाक्य से जानदाद को अपने कृत्य के लिए एक पक्का प्रमाण मिल गया। वह स्वयं से बोला–अब ईश्वर के प्रति भी गुनहगार नहीं हूँगा। और फिर ज़रदाद की ओर मुख कर बोला–"अब तुम मुँह-हाथ धो लो।"

ज़रदाद हैरान होकर बोला–"अभी तो नमाज़ का समय भी नहीं है। बहुत रात बाकी है।"

जानदाद ने अपना अधिकार जताते हुए आदेश दिया–"जैसा मैंने कहा वैसे करो। हर नेक काम पवित्रता के साथ होना चाहिए तभी बरकत होती है और दोनों मुँह-हाथ धोकर प्रार्थना करने बैठ गये।

जानदाद ने सलाम उपरान्त दुआ के लिए हाथ उठाये और स्वयं से बुदबुदाया—हे परम पिता परमात्मा! तुम स्वयं इस बात के साक्षी हो कि इसने अपना सिर और खून मुझे बख़्श दिया है। आप दयालु क्षमादायी हो। मेरे पापों को क्षमा करना।

जानदाद प्राय: हर नमाज़ के बाद दुआ में काफी समय लेता था किन्तु आज उसकी दुआ बहुत लम्बी नहीं थी। वह ज़रदाद की ओर मुख करके बोला—"देखो, एक बार फिर पूछ रहा हूँ। क्या तुम मेरे और मेरे सुख की खातिर हर प्रकार से अर्पण के लिए तैयार हो? देखो, ईश्वर सब देख-सुन रहा है।"

ज़रदाद का हौसला जवाब दे चुका था—"भइया, तुम क्या अनाप-शनाप बोले जा रहे हो। जो तुमने सुना वह मैंने कह दिया। तुम्हारे लिए प्राणों से ज्यादा क्या कहूँ?" इतना सुनने के साथ जानदाद का गंडासा उठा और पलक झपकने के साथ ज़रदाद का सिर धड़ से अलग हो गया।

चीख सुनते ही जानदाद की बीवी दौड़ी आयी और चिल्लाने से पूर्व जानदाद ने आह्वान किया—"मैं इतना बेवकूफ और निर्दयी नहीं हूँ। ईश्वर साक्षी है, सब देख-सुन रहा है। उसने अपना सिर और खून मुझे बख़्श दिया था।"

पत्नी कुछ कहना चाहती थी, किन्तु इसने कुछ भी कहने से रोक दिया—"ईश्वर उसकी यह कुर्बानी बेक़ार नहीं जाने देंगे। उसने जब मेरे लिए इतना कुछ कर दिया। मेरी दुआएँ भी उसे सदा स्वर्ग में स्थान दिलाएँगी।"

साँस खींचकर वह कुछ रुका और आगे बोला—"जो हुआ, ईश्वर की इच्छा से हुआ। अब तुम मुँह मत खोलना।"

भय से काँपती पत्नी ने सहमते हुए कहा—"तुमने...?"

जानदाद ने उसकी बात काटते हुए गुस्से में कहा—"चल दफा हो कहीं।" तत्पश्चात धीरे से बोला—"यही ईश्वर की मर्जी थी और उसकी चाह भी। अब तुम ऐसा करो कि इसका सिर और धड़ किनारे लगाना तुम्हारी जिम्मेदारी है, देखो किसी को कानोकान खबर न पड़े।"

फिर उसने शीघ्रता से भाई का सिर एक कपड़े से पोंछा और

उसे एक अटैची में ठूँसा तथा उसी समय अमेरिकन सैनिक छावनी की तरफ चल पड़ा। कुछ घंटों की यात्रा के उपरान्त उसने अमेरिकन छावनी के गेट के सामने अपनी जीप रोकी। जीप के रुकते ही कुछ सैनिक उसके चारों ओर आ खड़े हुए। तत्परता दिखाते हुए उन्होंने एक द्विभाषिये की सहायता से उसके आने का लक्ष्य जानना चाहा, किन्तु जानदाद ने द्विभाषिये के सामने कुछ नहीं कहा। उसने धीरे से एक सैनिक के कान में बोला–"बिन लादेन।"

सैनिक अचम्भित हो गया। जानदाद ने अपनी जीप के अन्दर की ओर इशारा किया। अमेरिकन की हैरानी और बढ़ गयी। उसने फिर द्विभाषिये से इससे पूछने के लिए कहा, किन्तु जानदाद ने जल्दी से अपने होंठों पर उँगली रख ली और उसे समझा दिया कि इसके पास बिन लादेन से सम्बन्धित कोई महत्त्वपूर्ण जानकारी है। अमेरिकी सैनिक उसी वक्त वहाँ से हटकर अपने सीनियर अधिकारी से वायरलेस द्वारा बात करने लगा और वहाँ से आदेश पाते ही वह दूसरी जीप में सवार होकर जानदाद के आगे-आगे चल पड़ा।

अगले गेट पर अमेरिकन सैनिक दस्ते ने उसकी जीप की तलाशी ली। वे एक मरे मनुष्य की गंध पाते ही हैरान होकर उसकी ओर देखने लगे किन्तु जानदाद ने शीघ्र उन्हें बताया–"बिन लादेन।" उसने फिर होंठों पर उँगली रख ली। जानदाद सैनिकों के संग कुछ ही क्षण में छावनी के मुख्याधिकारी के सम्मुख था। उसके साथ हाथ मिलाने से पहले उसने भाई का सिर उसकी मेज पर रख दिया। कटे सिर को देखते ही मुख्याधिकारी की आँखें बहुत हैरानी और उत्सुकता से भर आयीं। उसे विश्वास नहीं हुआ। सोच रहा था–कोई सपना देख रहा है। एक ही साँस में कई बार उसने जानदाद से कहा–"बिन लादेन! बिन लादेन! बिन लादेन!" जानदाद ने सिर हिलाया–जी वही है।-बिन लादेन। पूरा एक साल उसे ढूँढ़ निकालने के लिए न कोई पहाड़ छोड़े, न कोई खाई। एक पल भी मैंने आराम नहीं किया साहब!

मुख्य अधिकारी ने कृतज्ञता दिखाने के पश्चात् टेलीफोन का रिसीवर उठाया और कई फोन कर डाले। पल भर में एक स्पेशल सैनिक हवाई जहाज वहाँ उतरा और जीवित जानदाद तथा मृत ज़रदाद

को लेकर काबुल के लिए चल पड़ा। काबुल में दोनों को अलग-अलग स्थान पर पहुँचा दिया गया।

जानदाद को काबुल में पूछताछ के लिए ले जाया गया और उसे परीक्षणों आदि के लिए अमेरिका भेज दिया गया। वहाँ के एक उच्च अधिकारी ने जानदाद से प्रथम मुलाकात में उसका आभार प्रकट करते हुए अपने लोहे के बक्से से एक लाख डालरों का एक बंडल उसे थमाते हुए कहा–"अभी आप ये लीजिए, चाहे बिन लादेन हो या नहीं? ये आपकी नेक नियति का पारितोष है। अगर हमें पीछे से कोई पाजिटिव जवाब आता है तो उसी क्षण आप 50 मिलियन के हक़दार हो जाएँगे।"

पचास मिलियन सुनते ही जानदाद की छाती फिर से चौड़ी हो गयी। वह धीरे से एक अधिकारी से बोला–"ईश्वर करे वही हो। आपका भी संसार में यश फैल जाएगा और मेरी मेहनत भी बेकार नहीं जाएगी।"

"तुम्हारी मेहनत व्यर्थ नहीं गयी। मैंने तो तुम्हें बता दिया कि एक लाख तो तेरे ही हो गये, चाहे सिर लादेन का हो या किसी और का?"

जानदाद थोड़े शकी मन से बोला–"यदि उसका सिर न निकला तो उसके किसी रिश्तेदार का होगा।"

अधिकारी ने उसकी बात को स्वीकृति देते हुए कहा–"चाहे कोई भी हो, चाहे उससे जैसे भी जुड़ा होगा। हमारी लैब सब साबित कर देगी। पचास न सही, पाँच मिलियन तो मिल ही जाएँगे।"

जानदाद बोला–"यदि पूरी तरह कोई गैर और बेगाना हुआ तो?"

अधिकारी मुस्कुराया और बोला–"तो फिर तो बस यही एक लाख ही तुम्हारे भाग्य में होगा।"

जानदाद के चेहरे का रंग उड़ गया। भाँति–भाँति के विचार उसके मन में उठने लगे। उसे कई चिन्ताओं-विचारों ने आ घेरा–यदि इन्हें पता चल गया कि मेरा भाई है तो फिर क्या कहूँगा? क्या सजा देंगे? सजा को गोली मारो सारे संसार में और उस परमात्मा के दरबार में भी शर्मिंदगी मिलेगी। और फिर उसने स्वयं को समझाने की चेष्टा की– चलो! अब क्या कर सकता हूँ? मशीनों से भी तो गलती होती है। यदि इस प्रकार गलतियाँ न हों तो पिछले महीने तालिबान समझकर मासूम बच्चों पर बम नहीं बरसाए होते? ईश्वर बहुत कृपालु है। लैब

में भी गलती हो सकती है।

जानदाद कई दिनों तक इन्हीं विचारों-चिन्ताओं में घिरा रहा। चौथे दिन वहाँ के एक अधिकारी का सन्देश आया और उसे बताया गया कि जानदाद खान! वह सिर किसी और का है।

जानदाद के पैरों तले जमीन खिसक गयी–"यह क्या कह रहे हो साहब! मेरी सारी म़ेहनत बर्बाद हो गयी? उसे खोजने में तो मैंने पूरा एक वर्ष लगा दिया था। न नूरिस्तान छोड़ा, न वजीरिस्तान। खुदा उसे नहीं मारना चाहता होगा वरना मैंने तो एक साल...।"

अधिकारी ने बीच में टोका–"हमें तुम्हारी बातों पर पूरा विश्वास है। हमें तुम्हारी ईमानदारी पर कोई शक नहीं।"

यह सुन जानदाद का चेहरा डर और घबराहट से पीला पड़ गया और पसीने की कुछ बूँदें चमकने लगीं, लेकिन अधिकारी ने उसे विश्वस्त किया–"डरो मत। जो कोई भी है, होगा। यदि मैं तुम्हारी जगह होता तो वही करता जो तुमने किया। कोई भी धोखा खा जाता। बिल्कुल वही है। इसमें कोई शक नहीं।"

जानदाद ने बड़ी मुश्किल से कहा–"साहब! ये तो बहुत बुरा हो गया। मेरा सारा परिश्रम भी बेकार गया और दूसरे एक बेगुनाह को मार डाला।"

अधिकारी ने उसका हौसला बढ़ाया–"कोई बात नहीं। गलती केवल तुझसे नहीं हुई, हम भी कभी-कभी ऐसी गलतियाँ कर बैठते हैं। कई बार हमारे हाथों तालिबानों के धोखे में आम नागरिक और मासूम बच्चे मारे गये हैं।"

अधिकारी इतना कह अपनी कुर्सी से उठा और जानदाद को पचास हजार और डालर देकर बोला–"ऐसी घटनाएँ अक्सर हो जाती हैं। लेकिन अब गलती मत करना। अबकी सही बिन लादेन का सिर लाना जिससे तुम भी डालरों में छिप जाओ और हमें भी आतंकवाद के विरुद्ध युद्ध में विजय प्राप्त हो सके।"

बेटी

अकरम खान अपने दोनों बेटों, बहू तथा दूसरे रिश्तेदारों के साथ अस्पताल के प्रांगण में बैठा प्रतीक्षा में था कि अस्पताल के प्रसूति कक्ष से उसे क्या समाचार मिलता है।

बड़ी बहू को दस वर्ष पश्चात गर्भ धारण हुआ था और आज उसे प्रसूतिगृह लाया गया था।

सभी बहुत प्रसन्न किन्तु उत्तेजित थे, एक-एक पल गिन रहे थे कि कब शुभ समाचार आयेगा।

कमरे के पास तक केवल अकरम खान की बीवी को ही जाने दिया गया था शेष सभी प्रतीक्षालय में थे। अकरम खान ने दाढ़ी पर हाथ फेरा, माला के कुछ मनके पलटे और स्वयं से बड़बड़ाया, हे परवरदिगार ! तेरा बहुत-बहुत शुक्र है। तूने मुझे पुत्रों की निःसंतानता से छुटकारा दिलाया... मैंने कितने तीर्थ कितनी मन्नतें मानीं...।

वह अभी कह ही रहा था कि उसका भाई बीच में बोल पड़ा,

"ईश्वर बहुत रहीम करीम है। किसी के भी तीर्थ मन्नतें व्यर्थ नहीं जाने देता।" फिर उसने अकरम खान की ओर मुँह घुमाया।

"अल्ला पाक ने मेरी यह विनती तो स्वीकार कर ली। अब बस एक और विनती है...।"

उसकी बात अभी अधूरी ही थी कि बहू का पिता बोल उठा, "कौन सी विनती भाई?"

अकरम खान का भाई झट से बोला, "भाई साहब ने इस बड़ी खुशी मनाने का पहले से पूरा प्रबन्ध कर रखा है... कितने बैल खरीदे हैं। सारे जग को न्योता तक दे रखा है।"

अकरम खान ने फिर कहा, "ईश्वर बहुत मेहरबान बादशाह है। हो सकता है मेरी यह दुआ भी कबूल कर ले।"

फिर सब की ओर देखकर बोला, "यदि यह काम हो गया, तो खुदा कसम, बेटों की शादी से भी ज्यादा खुशी मनाऊँगा। ऐसी नर्तकियाँ नचवाऊँगा कि काबुल तक हिल जाए।"

फिर खामोश हो गया। माला के दानों को लगातार पलटा, फिर दाढ़ी पर हाथ फेरा, ईश्वर का धन्यवाद किया और गहरी सोच में डूब गया। उसे बीते वर्ष की याद आ गयी। ज्येष्ठ पुत्र की शादी फिर छोटे बेटे की। अपने चचा जाद भाइयों की वह बात जो उन्होंने इसकी अनुपस्थिति में कई महफिलों तथा अवसरों पर कही थी कि 'बहुएँ उठा लाया है। बेटे तो किसी काम के नहीं।' इस बात से उसका कलेजा छलनी हो गया था। उसने निर्णय किया था कि अपनी सम्पत्ति की मेंड़ तक उन्हें तब तक पैर नहीं रखने देगा जब तक अपने बेटों का इलाज न करवा ले। और आज उसकी यह गुहार ईश्वर ने सुन ली थी। उसकी दोनों बहुओं का पैर भारी था। आज बड़ी की प्रसूति का समय था।

अकरम खान अपने बेटों के वर्षों तक इलाक के दुखद पन्ने उलट-पलट रहा था कि उसकी पत्नी थके कदमों से उन सबके बीच आ गयी। अभी उसने बात के लिए मुँह भी नहीं खोला था कि पुत्र के ससुर ने पूछा, "क्यों? क्या हुआ? तुम्हारा रंग क्यों उड़ा है? सुख तो है न...?"

उसने अपने पति को रिक्त भाव से देखा और पुत्र के ससुर को

कोई उत्तर न दिया। अकरम खान चीख़ पड़ा, "क्या बात है? कौन-सा आसमान फूट पड़ा, जो ऐसी स्तब्ध हो? बोलो तो सही... जो भी है ईश्वर की मर्जी इसी में होगी।"

अकरम खान चाहता था और भी कुछ बोले... किन्तु उसके बेटे का ससुर फिर बोल उठा, "मेरी बेटी तो ठीक है न?"

अकरम खान की बीवी वैसे ही निरुत्तर खड़ी थी कि अकरम खान चिल्लाया, "मुँह तो खोल, आखिर क्या?"

अकरम खान की पत्नी ने मौन तोड़ा किन्तु इससे पहले कि बोलती उसकी आँखों से अश्रुओं की ठंडी धारा फूट पड़ी। पुत्र के ससुर ने फिर घबराहट में पूछा, "बहन ! सच बोलो। मेरी बेटी को कुछ हुआ तो नहीं?"

अकरम खान की पत्नी ने भर्राये गले से उत्तर दिया, "नहीं, वह बिल्कुल ठीक है।"

अकरम खान फिर गुस्साया, "तो फिर क्या गाज गिर पड़ी है?"

अब उसकी पत्नी की आँखों से निकलने वाली अश्रुधारा बहुत तीव्र थी। मात्र इतना कहा और फूट-फूट कर रोने लगी कि... "लड़का नहीं लड़की है।"

इतना सुनते ही अकरम खान के माथे पर बल उमड़ आये। उसने झट से बेटे की ओर मुख कर कहा, "बस यही ईश्वर की मर्जी थी, जल्दी करो, घर जाओ कहीं बैल हलाल न कर दें। नर्तकों साजिदों को भी जवाब दे देना।"

बेटे ने फौजी अधिकारी की भाँति पीठ पलटी और तेज कदमों से घर की ओर चल पड़ा कि खुशी के इस भारी जश्न को रोक सके।

❑❑